我听见斧头开花了
保罗·策兰诗选

I Hear That The Axe Has Flowered
Selected Poems of Paul Celan

［德］保罗·策兰　著
杨子　译

雅众文化 出品

目 录

选自早期诗歌（1940—1943）

3　死者
4　黑暗
5　夜曲
6　冬天
7　靠近墓园
8　孤独者
9　黑雪花

选自《罂粟和记忆》（1952）

13　荒野之歌
14　油灯
15　你的手握满了时光
16　白杨树
17　蕨的秘密
18　骨灰瓮中倒出的沙
19　樱桃树枝条上
20　回忆法兰西
21　默默无闻女士香颂
23　夜光

i

24 从你到我的岁月

25 赞美远方

26 迟而且深

28 科罗纳

29 死亡赋格

33 雾角声里

34 我第一个

35 旅途

36 在埃及

38 水晶

39 裹尸布

40 大酒杯

41 旅伴

42 眼睛

43 风景

44 数杏仁

选自《从门槛到门槛》（1955）

49 我听见有人说

50 从黑暗到黑暗

51 成双结对

52 弗朗索瓦墓志铭

53 阿西西

55 今晚也

- 56 面对一支蜡烛
- 59 用一把可换的钥匙
- 60 深夜里噘嘴
- 62 无论捡起哪块石头
- 63 时间之眼
- 64 纪念保罗·艾吕雅
- 66 示播列
- 69 你也，说
- 71 出自沉默的证据
- 73 收葡萄的人
- 75 到小岛去

选自《言语栅》（1959）

- 79 声音
- 83 信任
- 84 带上信和钟
- 86 一幅画下边
- 87 返回故园
- 89 熄灯礼拜
- 91 花
- 93 白与轻
- 95 言语栅
- 97 雪床
- 99 布列塔尼素材

iii

101 运送块石的驳船
102 万灵节
104 科隆，宫廷街
105 去远方
106 构思风景
107 低潮
109 一只眼，睁开
110 上边，无声无息
112 密接和应

选自《从未存在者的玫瑰》(1963)

125 他们里面有土
127 有关走-向-深-渊的字眼
128 带上酒和丧失
129 苏黎世，白鹳旅店
131 这么多星星
133 你的生命在那边
135 在两边
137 十二年
138 思前想后
140 泄洪闸
142 哑秋天散发气味
143 冰，伊甸园
144 赞美诗

146	图宾根,一月
148	传唱于巴黎蓬多瓦兹区的无赖与扒手小调 保罗·策兰 写于萨达哥拉附近的切尔诺维兹
151	炼金术的
153	……源泉激溅
155	这沉重不再
156	根,母体
159	向站在门口的那个人
161	杏仁
162	有福的
164	晶莹的石头
165	有马戏表演和要塞的下午
166	白天
167	克尔摩望
169	我砍好了竹子
170	怎么了?
171	归于一
173	那个字就在那儿
174	天体
175	茅屋窗口
179	孔特勒斯卡普
183	音节之痛

186 全都不一样
190 天上

选自《换气》(1967)

195 你可以
196 压进槽纹
197 在河流里
198 面对你暮年的脸
199 沿着悲痛的激流
200 这些数字
201 挺起向着大地歌唱的桅杆
202 太阳穴上的钳子
203 站立
204 线太阳
205 排长队的马车上
206 我认得你
207 蚀刻
209 冒起来
210 不再有沙滩艺术
211 当白攻击我们
212 现在就失明
213 下午
214 皮下缝着
215 黑

216 风景
217 杂耍艺人的鼓
218 当你躺下
220 在布拉格
222 骨灰光环
224 写出的东西
225 大提琴从后边
227 哪儿？
228 溶解
229 血块
230 复活节的浓烟
232 演出之穗，感官之穗
234 一阵轰鸣
235 对口令
237 闪光的大坟堆
238 上升的烟的旗帜，字的旗帜
240 有一次

选自《线太阳》（1968）

243 法兰克福，九月
244 睡眠碎片
245 那时我不懂，不懂
247 发出那种声音
248 雨水浇透的路上

249 白噪音

251 从前你是

252 在我右边

253 爱尔兰

254 露水

255 用坏废弃的禁忌

256 默不作声，摆渡的邋遢婆娘

257 很近，在主动脉弓里

259 因为你找到困苦的碎片

260 ……并非

262 权力，统治

263 想想吧

选自《黯淡无光》（1991，写于1966）

267 想都没想

268 放弃光明后

269 被迫从高空钢索下来

270 众人头上

271 你愿意抛出

272 石头，令人生疑

273 黯淡无光

274 将荒野填入眼睛的口袋

275 未分裂者侵入

276 饱受踩躏者

277 空虚的中心
278 勿灭绝

选自《强制光》(1970)

283 零零星星听到，看到的事情
284 夜骑在他头上
285 当你终于爬到跟前
286 在布朗库西工作室，我俩
287 托特瑙山
289 敲
290 现在
291 给一位亚洲兄弟
292 你就这样
293 漂流的字之间的网
294 可亲近的
295 海格特
296 我还能看见你
297 永恒
298 不再有半木
299 走进暗夜
300 谁跑到你这边？
301 满载倒影
302 搜集者
303 有一次

304　成堆的短柄小斧
305　预知
306　在你身上最让我销魂的地方
307　沉下去
308　被人用刺棒驱赶
309　铁饼
310　冲出光柱
311　避开
312　黑暗灾祸期间
313　读那一字未著的
314　去剪祷告之手
315　说话的群星自动散开时
316　虚空的太空里
317　发洪水前
318　螳螂
319　奥兰宁大街1号
320　驱逐之梦
322　没有谁的手
323　洪水下边
325　癫狂行走者的眼睛
326　嫩叶之痛
327　淹没
329　有气无力的声音
330　阻塞的明天

332 金钱撒入
334 闰世纪
336 你就是你

选自《雪域》(1971)

341 你躺在
343 掘井人
344 这打碎的年份
345 嘴脸模糊
346 我听见斧头开花了
347 发出田鼠的声音
348 将靠记忆结结巴巴说出的尘世
349 一月进
350 一片树叶
351 披着蜥蜴皮
352 雪的声音
353 粗心点
354 木头脸
355 与死胡同谈起
356 有个东西像暗夜
357 为何这陡峭的家
359 给埃里克
360 你长发的回声
361 几乎被吞没的

362　黄土中的蝶蛹

363　石头的冰雹

364　我的大步流星

选自《时光农庄》(1976)

369　从下沉的鲸鱼额头

370　葡萄园围墙被撞击

371　飞驰

372　在我夏日闪电般的

373　慢慢走的植物

374　别等到

375　所有酣睡的人影

376　你往我身上砸钱

377　依靠

378　你的钟表字盘

379　我为你领路

380　小小的夜

381　我虚度了

382　我的灵魂

383　神似杏仁

385　站立

386　我们,像喜沙草那么真

388　一枚戒指,为刻蝴蝶结

389　来吧

390 暑气
391 那闪光
392 羊角号深藏在
393 极地
395 国王的路
396 我喝酒
397 会有个家伙
398 虚空
399 种子
400 重新安置
401 拇指
402 藏红花
403 种葡萄的人

405 **译后记**
413 **战后欧洲最重要诗人保罗·策兰生平**

选自早期诗歌

(*1940—1943*)

死者

群星鞭打他的目光：
荆棘长到他的路上

所以他紧抓住草，
他的心紧握住风，

欧石楠前进，分开
黑夜与他亲密无间？

蟋蟀走投无路——
现在已经听不到它们叫……

罂粟在他身上擦出了血：
——现在跪下，吸进去！

黑暗

沉默之瓮,空的。

树枝上
热得昏沉沉的无字歌
窒息,乌黑。

迟钝的时辰柱
向着陌生的时刻摸索。

扑棱疾飞。

为了心中那些猫头鹰
死亡渐露端倪。
背叛落入你眼中——

我的影子与你的尖叫搏斗——

今夜过后东边冒烟……
只剩下即将熄灭的
火花。

夜曲

别睡。站好你的岗。
白杨歌唱,与作战
部队并肩前进。
你的血在池塘中流尽。

绿骷髅跳舞。
其中一具夺走了云,
风吹雨打,饱经重创,冰天雪地,
你的梦被长矛刺得鲜血淋漓。

世界是劳累的牲口
夜空下完全在爬行。
上帝是它的哀嚎。我
害怕,呆住了。

冬天

在下雪,妈妈,乌克兰在下雪:
救世主的王冠是千万粒悲痛。
我全部的泪水白白向你流淌。
骄傲无声的一瞥是我全部的安慰。

我们马上要死了:为何你们这些小屋还不想睡?
就连这阵风都披着吓人的破衣服鬼鬼祟祟地走。
满是炉渣的车辙里冻僵的,是他们吗——
他们的手臂是烛台,他们的心是旗帜?

我同样留在被遗弃的黑暗中:
日子会静静地康复,砍伐起来会太猛烈吗?
我的星空中,现在漂浮着刺耳竖琴
扯断的琴弦……

有时,准备就绪,遍布玫瑰的时刻发出声音。
逐渐消失。一次。总是一次……
来的是什么,妈妈:觉醒还是创伤——
如果我也沉入乌克兰的茫茫大雪?

靠近墓园

妈妈,南边的布格河还记得
那狠狠伤害过你的波浪吗?

有磨坊的田野还能想起
对屈服的天使你有多温柔吗?

没有一株山杨,没有一棵柳树
能给你安慰,能驱散你所有的悲痛吗?

手持发芽藜杖的神
没在山中四处攀登?

妈妈,你还能像从前那样,忍受
文雅的,德语的,痛苦的诗篇吗?

孤独者

比起鸽子,比起桑树,
秋天宠爱的是我。给我面纱。
"这个拿去做梦",镶边上刺绣。
又说:"上帝近得像兀鹫的利爪。"

但我已经拿到另一件,
比这件粗,没刺绣,没接缝。
碰它,雪落在悬钩子苗床上。
晃它,你就能听到鹰在尖叫。

黑雪花

下雪了,暗无天光。自从戴隐修士
风帽的秋天捎来称心的消息——乌克兰坡地
一片叶子,一个月过去了,也许两个月:

"想到这儿也是冬天了,现在是国土上
第一千个冬天,最开阔的湍流在那儿汹涌:
雅科夫[1]非人间的血,斧头为它赐福……
哦,超自然的红冰——他们的将官率领大军
猛攻落日……哦,我要一条围巾,孩子,
好让我能御寒,当它与头盔一同闪亮,
当玫瑰色浮冰裂开,当吹雪撒在你父亲的
骸骨上,马蹄踏碎
雪松之歌……
一条围巾,只有一条薄薄的小围巾,所以我
放在身边,现在你学会哭了,
我的孩子,这世界绝不会为你的孩子返绿!"

秋天流尽了血,妈妈,雪将我烧透:
我找出我的心好让它能哭,我找到——哦夏天的气息,像你。

我流泪。我织围巾。

1　Ya'akov,雅各,《旧约》人名,亚伯拉罕之孙,以撒之子,又名"以色列",希伯来文意为"与天使较力",历来被尊为以色列人第一代祖先。

选自《罂粟和记忆》

(*1952*)

荒野之歌

在阿克拉[1]黑树叶编成了花环。
我勒转我的黑种马,用短剑刺杀死神。
我从深碗里喝阿克拉泉水中涌出的灰,
我戴上坚固的脸盔,直扑天国的废墟。

在阿克拉天使死了上帝瞎了,
无人为我守卫那些入睡的人,那些长眠的人。
月亮劈碎,阿克拉的花:
像深褐色荆棘,戴着锈戒指的手开花。

最后时刻我必须为一个吻屈身,当他们在阿克拉祷告……
哦没有夜的护胸甲,血从带扣渗出来!
现在我是他们的兄弟,笑了,阿克拉披盔戴甲的小天使。
我仍然说出名字我的脸颊仍然感觉到灼烫。

1 Akra,俯瞰耶路撒冷圣殿山的城堡,由希腊暴君安条克所建。

油灯

修道士毛茸茸的手指打开书本：九月。
此刻耶逊扔雪团砸刚刚抽芽的庄稼。
森林送你一条手链。你在钢索上走，死气沉沉。
映衬你的头发一种更深的蓝显露；我说起爱情。
我说起贝壳，轻盈的云，和雨中冒芽的小船。
一匹小种马飞过翻弄书页的手指——
黑门突然敞开，我唱道：
我们在这儿活得好吗？

你的手握满了时光

你的手握满了时光,你来到我身旁——而我说:
你的头发不是棕色。
于是你将它轻轻放到悲痛的天平上;它比我还重……

他们乘船到你那儿把它当货品,拿到下流市场去卖——
你在深渊里冲我笑,我在仍然很轻的天平那头对你哭。
我哭:你的头发不是棕色,他们供应咸咸的海水而你给
　他们卷发……
你小声说:现在他们拿我去满足世界,在你心中我还是
　一条窄路!
你说:把岁月的叶子放在你身旁——现在是你靠近,亲
　吻我的时候了!

岁月的叶子是棕色,你的头发不是棕色。

白杨树

白杨树,你的叶子暗中望着白,
我妈妈的头发一辈子都没变白。

蒲公英,乌克兰是如此碧绿啊。
我那金发的妈妈再也没有回家。

雨云,你在水井上方盘旋吗?
我那安静的妈妈为所有人哭。

浑圆的星,沿着金环运行。
我妈妈的心脏被子弹劈开。

栎木门,谁拆了铰链将你卸下?
我那温柔的妈妈再也不能回家。

蕨的秘密

刀剑的拱顶里,影子们的叶绿色心脏望着自己。
刀锋明晃晃:谁不想对着镜子在死亡中苟延残喘?
这儿大罐中活生生的哀伤也被人拿去祝酒:
在他们纵饮之前,它花一样变黑,仿佛不是水,
仿佛是一朵雏菊,有人向它勒索更邪恶的爱,
更黑的枕头供人休息,更重的头发……

但这儿唯有恐惧留给闪光的铁器;
如果这儿还有什么向上反光,但愿它是一柄剑。
那些镜子不是我们的主人,我们从未将桌上的大罐一饮而尽:
让其中之一在我们绿如叶子的地方裂为碎片。

骨灰瓮中倒出的沙

遗忘之屋,霉绿。

每一扇咣当响的门前你们那斩首的吟游诗人变成蓝色。

他为你们敲响他那苔藓和粗糙阴毛做的鼓。

他用化脓的脚指头在沙地上画你们的眉毛。

画得比原先的还要长,又画你们嘴唇的红。

你们填满这里的每一只瓮,滋养你们的心。

樱桃树枝条上

樱桃树枝条上一只铁靴嘎吱嘎吱响。
为了你夏天从一顶顶头盔里冒出泡沫。有着菱形
趾距的浅黑布谷鸟将他的形象绘在天国的大门上。

叶簇间光头骑手隐约浮现。
靠着他的盾牌,他承受你紧盯着
敌人钢头巾的微笑里的幽暗。
梦幻者的花园早就许诺给他,
他已备好枪矛,让玫瑰攀缘……

但他光着脚穿过空气来了,他和你最像:
铁靴紧扣他优雅的双手,
整场战役整个夏天他都在睡。樱桃为他流血。

回忆法兰西

跟我一起回忆：巴黎的天空，巨大的秋日藏红花……
我们去卖花姑娘那儿买心形花环：
它们是蓝花，它们在水中绽放。
我们屋里开始下雨，
邻居进门，松热先生，精瘦小男人。
我们打牌，我输掉我双眼的虹膜；
你将头发借给我，我又输掉，他将我们打翻在地。
他夺门而去，雨随他一同离开。
我们呆若木鸡，还剩下一口气。

默默无闻女士香颂[1]

当无声无息的那位到来,砍了郁金香的头:
谁赢?
  谁输?
    谁走到窗前?
谁先喊出她的芳名?

他是那个戴着我的头发的人。
他戴着它太像一个人手上提着死者。
他戴着它太像我恋爱那年天空戴着我的头发。
他戴着它像出于虚荣。

那人赢了。
  没输。
    没走到窗前。
他没喊出她的芳名。

他是那个长着我的眼睛的人。
他早就长着我的眼睛自从那些大门关上。
他戴着它们就像把戒指戴在手上。

他戴着它们就像蓝宝石和欲望的碎片。
自从秋天他成为我兄弟,
他一直在数着日日夜夜。

那人赢了。
　　　没输。
　　　　　　没走到窗前。
他是最后喊出她芳名的人。

他是那个拥有我说过的话的人。
他胳肢窝里夹着它像夹着包裹。
他携带它像钟表携带自己的恶时辰。
从门槛到门槛他携带它,从未扔掉。

那人没赢。
　　　输了。
　　　　　　他走到窗前。
他先喊出她的芳名。

那人和郁金香一起被砍头。

1　chanson,法语,意为"歌曲""歌谣""小调"。

夜光

所有闪光者中最炫目的是我夜晚爱着的那位的秀发:
我给她送去最轻的木头打的棺材。
波浪围着它汹涌犹如围着我们在罗马的梦之床;
它也戴着白色假发像我一样而且嗓音嘶哑:
我说它也说在我允许情人进来时。
它熟悉那首我在秋天唱过的法国情歌,
那时我是逗留在"太晚之地"的游客,我给黎明写信。

那棺材,在情感的灌木林中雕刻,一艘漂亮的小船。
我也在上边,沿热血之河漂流,比你的眼睛还年轻。
此刻你年轻得像一只倒毙在三月之雪中的飞鸟,
此刻它唤醒你,给你唱它的法国情歌。
你那么轻:你会在我的春天一直睡到春天过去。
我更轻:
我在那些外邦人面前歌唱。

从你到我的岁月

当我哭泣,你的秀发再次飘扬。睁开你的蓝眼睛
你摆好爱的餐桌:夏天和秋天中间的一张床。
我们喝某人而不是我不是你也不是第三位酿的酒:
我们贪婪地喝着杯中没有的最后的东西。

我们对着深海的镜子看自己,更快地把食物递给对方:
夜便是夜,它和早晨一起开始,
它把我放在你身旁。

赞美远方

在你眼睛的清泉里
密布着疯海渔夫的网。
在你眼睛的清泉里
大海信守它的承诺。

这儿,作为活在
人类中的一颗心,
我脱下衣服,挣脱誓约的强光:

黑中更黑,我更赤裸。
唯有变节才是真我。
唯有我是我,我才是你。

在你眼睛的清泉里
我一直漂泊,梦见掠夺。

一张网捕获一张网:
我们在拥抱时决裂。

在你眼睛的清泉里
绞死者勒死了绞索。

迟而且深

今夜开始,恨意如金子的言语。
我们吃哑口无言者的苹果。
我们做欢喜地交给一个人的星辰的事情;
我们站在欧椴树的秋天里,旗帜沉思的红色,
南边来的热心的客人。
我们以新基督的名义起誓,让尘土与尘土结合,
让群鸟与一只流浪的鞋结合,
让我们的心与水中的阶梯结合。
我们对着将沙之誓词奉若神明的世界起誓,
我们欢喜起誓,
我们在无梦沉睡的屋顶大声起誓
摇晃时间的白发……

他们大喊:渎圣!

我们早就听到过。
早就听到过,谁在意?
你在死亡的磨坊里碾着应许的白谷物,
你把它放到我们兄弟姐妹面前——

我们摇晃时间的白发。

你警告我们：渎圣！
我们精通此道，
让罪孽找到我们。
让所有预先发出警告信号的罪孽降临我们，
让咆哮的海，
身披铠甲的变幻的阵风，
午夜的白昼，
让从未存在者降临！

让一个人从坟墓里出来！

科罗纳

秋天吃我手中滑出的叶子:我们是朋友。
我们从坚果里剥出了时间,我们教它走:
然后时间退回壳中。

镜中是礼拜天,
梦里来了睡眠,
嘴巴说出真话。

我目光向下,落在我所爱者的下身:
我们互相盯着,
我们用隐晦的字眼交流,
我们像罂粟和记忆一样爱着对方,
我昏睡,如酒在贝壳里,
如海在月亮血色光线中。

我们紧抱着站在窗前,人们在街上注目:
是让他们知道的时候了!
是石头奋力开花的时候了,
一颗心因不安而跳动。
是成为时间的时候了。

是时候了。

死亡赋格[1]

黎明的黑牛奶我们傍晚喝

我们正午喝早晨喝我们夜里喝

我们喝我们喝

我们在空中铲一座坟躺进去你不会太挤

有个男人住在屋里他玩蛇他写

他写当夜色笼罩德意志你金发的玛格丽[2]

他写然后出门群星闪耀他吹口哨让狼犬过来

他吹口哨让他的犹太人排队在地上铲一座坟

他命令我们开始为舞蹈奏乐

黎明的黑牛奶我们夜里喝你

我们早晨正午喝你我们傍晚喝你

我们喝我们喝

有个男人住在屋里他玩蛇他写

他写当夜色笼罩德意志你金发的玛格丽

你灰发的书拉密[3]我们在空中铲一座坟躺进去你不会太挤

他喊道你们这批人这块地挖深点你们其他人奏乐唱起来

他紧握皮带上抽出的手枪挥舞他眼睛真蓝

你们这批人你们铁锹铲得再深些你们其他人继续为舞蹈奏乐

黎明的黑牛奶我们夜里喝你

我们正午早晨喝你我们傍晚喝你

我们喝我们喝

有个男人住在屋里你金发的玛格丽

你灰发的书拉密他玩蛇

. . .

他喊道将死亡演奏得再甜些这死神是一位来自德意志的师傅

他喊道让你的琴弦擦出更阴森的声音你会像烟那样升入天空

你会在云中有一座坟躺进去你不会太挤

黎明的黑牛奶我们夜里喝你

我们正午喝你死神是一位来自德意志的师傅

我们傍晚早晨喝你我们喝我们喝

这死神是一位来自德意志的师傅他是蓝眼睛

他用铅弹射你瞄得很准

有个男人住在屋里你金发的玛格丽

他放狼犬咬我们准许我们在空中有一座坟

他玩蛇并且梦见死神是一位来自德意志的师傅

你金发的玛格丽

你灰发的书拉密

1　策兰诗歌英译者之一约翰·费尔斯蒂纳（John Felstiner）在他的《保罗·策兰传》（李尼译，江苏人民出版社，2009）中透露，《死亡赋格》首次发表的不是德语版，而是罗马尼亚语版。这是策兰发表的第一首诗，从这首诗开始，他将自己的署名定为策兰。

> 1947年5月，布加勒斯特的一份杂志《现时代》发表彼特·所罗门的译作，序言是这样写的："我们发表的这首诗的译文，是在重现事实基础上创作的。在卢布林，就像在无数其他'纳粹死亡营'里一样，一组被判决的人被强迫唱一些怀旧歌曲，而其他的人则在旁边挖坟。"
> ……
> 这首诗在布加勒斯特露面时，还有一些惊人的事情发生，那就是策兰的标题：不是现在著名的《死亡赋格》，而是罗马尼亚文的"死亡探戈"（Tangoul Mourtii）……
> 在离切尔诺维兹不远的伦伯格（现在的利沃夫）的詹诺斯卡营地，纳粹党卫军的一名中尉命令犹太小提琴手演奏换了新词的探戈，叫做"死亡探戈"，在行军、拷打、掘墓和行刑时演奏。在废除一座集中营之前，纳粹党卫军会射杀整个乐队。

2　Margarete，歌德诗剧《浮士德》中浮士德钟情的少女。钱春绮音译为玛加蕾特，樊修章音译为玛嘉瑞特。为与书拉密押韵，这里将玛格丽特改为玛格丽。"你金发的玛格丽特"是策兰设计的一位纳粹军官写信回家给他心上人的情景。"试想，听到歌德《浮士德》里永恒的女主角

玛格丽特的名字从纳粹党卫军嘴里伤感地冒出来,那是何等样的感觉啊……"(《保罗·策兰传》,P38)

3 《圣经·雅歌》中赞美的希伯来少女,原文为 Sulamith,约翰·费尔斯蒂纳和米夏埃尔·汉布格尔音译为 Shulamith,英文通常拼写为 Shulamite 或 Shulammite。费尔斯蒂纳对于《死亡赋格》中的书拉密有这样一段表述(《保罗·策兰传》,P41):

> 书拉密不是什么灰发的白人美女,而是《雅歌》里一个"黑而秀美的"少女……她的名字类似 shalom("和平")和 yerushalayim("耶路撒冷")守护着她的身世……书拉密是人们钟爱的美德典范,并且被看作是犹太民族的身份象征:"回来,回来,书拉密女;你回来,你回来,使我们得观看你"(《雅歌》,7:1)。因为《雅歌》是在逾越节时朗读的,书拉密就扮演着返回锡安之应许的角色,犹太奥秘传统将她理解成上帝的临在,他一直带着以色列人在世间流浪。当《死亡赋格》把书拉密和《浮士德》里那位虔诚却被毁的玛格丽凑成一对的时候,任何事物都不能让他们谐调起来。

雾角声里[1]

嘴巴在隐秘的镜中,

膝盖对着傲慢的纪念柱,

手握监牢的栅栏:

将你们自己献给黑暗,

念到我的名字,

将我领到他那儿。

[1] 雾角,foghorn,用来向雾中船只发出警告信号。

我第一个

我第一个啜饮这蓝,它还在找它的眼睛。
我喝你脚印里的东西然后看见:
珍珠,你滚过我手指,你变大!
你变大,犹如被遗忘的一切。
你滚动:悲伤的黑冰雹
被一块挥手道别时变白的头巾接住。

旅途

这是让尘土做你的陪护,
让你巴黎的房子成为你双手的圣坛,
让你的黑眼睛成为最黑的眼睛的一段时光。

这是一座农庄,马队等着你的心。
纵马疾驰你头发会乱——不允许。
他们还在那儿,挥手,对此一无所知。

在埃及

你该当着外邦女子的面说:变成水吧。

你该在外邦人眼中寻找你最熟悉的水中生灵。

你该将她们从水中召唤出来:路得[1]! 拿俄米[2]! 米利暗[3]!

你该在你睡外邦人时为她们乔装打扮。

你该用外邦人稠密的秀发打扮她们。

你该告诉路得米利暗还有拿俄米:

看,我跟她睡了!

你该把亲近你的外邦女子打扮得美轮美奂。

你该用为路得米利暗还有拿俄米心生的悲痛打扮她。

你该告诉外邦人:

看,我跟她们睡了!

---

1 《路得记》为《圣经·旧约》的一卷。摩押女子路得(Ruth)嫁给侨居摩押的犹太人夫妇所生之子,丧夫后随婆母拿俄米迁居犹大,改嫁前夫的亲戚富人波阿斯,生俄备得。《路得记》结尾说俄备得是大卫的祖父。该卷成书于公元前5世纪末或公元前4世纪,路得是大卫祖先的故事系后人附会添加。

2 Naomi,士师时期以利米勒的妻子,路得的婆婆。曾与丈夫一同去摩押逃荒,丈夫死后返回伯利恒。众人出来迎接她,她对妇女们说,"不要叫我拿俄米('甜'),要叫我玛拉

('苦'),因为全能者使我受了大苦。"

3 Miriam,《旧约》人名,暗兰与约基别所生女儿,亚伦和摩西的姐姐。据圣经记载,以色列民众过红海后,米利暗与妇女们曾击鼓跳舞歌唱,称谢上帝。圣经称她为女先知。

水晶

别在我唇上寻找你的唇,
别在大门口寻找外邦人,
别在眼睛里寻找泪水。

七个暗夜更高了红向着红涌去。
七颗心更深了已经有人来敲门,
七朵玫瑰更迟了——源泉激溅。

裹尸布

我穿上你用轻线织出的
裹尸布为了纪念石头。
当我在黑暗中叫醒
那些尖叫,它将它们轻轻吹凉。

每当我结结巴巴,
它抬起遗忘的皱纹
现在是我的他宽恕了
曾经是我的他。

而炉渣堆之神
敲着最哑的鼓,
在皱纹指挥那个冷酷
家伙皱起眉头的时候。

大酒杯

给克劳斯·德穆斯

时光盛宴的餐桌上
上帝的大酒杯痛饮。
它们喝啊直到掏空有眼者无眼者的眼睛,
统治的幽灵的心,
夜的凹陷的面颊。
它们是最强酗酒者:
畅饮空犹如畅饮满,
从未像你我那样溢出。

旅伴

你母亲的灵魂在前方翱翔。

你母亲的灵魂助你夜航,穿过重重暗礁。

你母亲的灵魂在船头鞭打鲨鱼。

你母亲是这个字的监护人。

你母亲监护的字和你的床同受乱石累累之苦。

你母亲监护的字倾斜着去够那一星半点光明。

眼睛

眼睛：
与倾盆之雨一同闪亮
当上帝命令我喝。

眼睛：
那天夜里黄金在我手里清点
在我收荨麻
铲除箴言阴影的时候。

眼睛：
黄昏，在我上方燃烧当我猛地打开大门
太阳穴里有冰所以我一直在过冬，
我在永恒的村庄飞奔。

风景

高高的白杨——大地上的人类!
幸福的黑池塘——你永远用它们照镜子!

我看见你,姐妹,站立在那光辉中。

数杏仁[1]

数杏仁,
数出让你失眠的苦杏仁,
把我算进去:

我寻找你的眼睛在你睁开它们,无人理睬时,
我纺着神秘的线
你苦思冥想的露水从线上
滴进那些大罐子
它们由任何人的心都不得其门而入的字守卫。

唯有那儿你完全进入属于你的名字,
迈着自信的步伐走进你自己,
钟锤在你沉默的大钟内自由摆动,
你听到的感动了你,
那死去的也伸出手臂拥抱你,
你们三个穿过夜晚。

把我变成苦的。
把我算在这堆杏仁里。

1 "杏仁"作为策兰诗歌中最核心意象之一,将在他此后的诗歌中不断出现。考虑到较多读者对于犹太文化相对陌生,这里摘引约翰·费尔斯蒂纳对于这首诗的解读绝非多余(《保罗·策兰传》,P71):

> 诗人在对他母亲说话……诗人想要把自己算进去的 Mandeln(杏仁),让人想起她烘烤糕点时放在里面的杏仁……杏树在以色列最早开花,产出的杏仁有甜有苦,其椭圆形状很像地中海东部地区累范特人的眼睛,在策兰看来,杏仁代表犹太意识。以色列人在荒野中使用的烛台,往往都有杏树开花的图案(《出埃及记》,25:33),亚伦的杖也结出熟杏(《民数记》,17:23)。先知耶利米蒙神传召,拿"杏枝(shaked)"这个字眼来做双关语,证明神会"留意保守我的话,使得成就"(《耶利米书》,1:11-12)。

选自《从门槛到门槛》
(1955)

我听见有人说

我听见有人说，水里
有块石头还有个圆圈
水上有个字
它让圆圈环抱着石头。

我看见我的白杨栽进河里，
我看见它枝干在深水中抓，
我看见它树根冲着天空为暗夜祷告。

我没有慌慌张张跟在后边，
我从地上捡起那个碎块
形状和大小跟你眼睛一模一样，
我从你脖颈上取下判决的锁链
点缀现在放了那个碎块的桌子。

再也没看见我的白杨。

从黑暗到黑暗

你睁开眼睛——我看见我的黑暗活着。
我一直看到底。
在那儿它也是我的,活着。

那是渡轮吗?醒了?
谁的光跟在我身后——
是要让摆渡者过来?

成双结对

成双结对，死者漂游，
成双结对，他们斟酒。
他们的酒倒在你身上，
死者漂游，成双结对。

太灰暗头发扎辫子，
他们彼此住得很近。
现在抛出你的骰子你
必须消失在一对中的一只眼睛里。

弗朗索瓦墓志铭[1]

人世的两扇门
一直敞着:
是你在
暮色中打开。
我们听见它们砰砰砰又关上
将难以确认的东西
将青翠带进你的永恒。

1953.10

---

1 弗朗索瓦是策兰的第一个孩子,出生不久夭折。

阿西西[1]

瓮布里亚之夜。
有银子般教堂钟声和橄榄叶的瓮布里亚之夜。
有你运到这儿的石头的瓮布里亚之夜。
有石头的瓮布里亚之夜。

  哑口无言,上升为生命的,哑口无言。
  来,再次注满陶罐。

陶罐。
陶匠的手在上边打了印记的陶罐。
一只幽灵的手永远封存的陶罐。
打上幽灵印记的陶罐。

  石头,无论你往哪儿看,石头。
  放灰动物进来。

一路小跑的动物。
最露骨的手撒下的雪中一路小跑的动物。
咔嗒一声关上的字面前一路小跑的动物。

从喂它的手中拿去睡眠的一路小跑的动物。

不会给人安慰的光明,你放射的光明。
那些亡灵——他们还在乞求,圣方济各[2]。

1 Assisi,意大利中部翁布里亚区佩鲁贾省城镇,圣方济各诞生地。
2 Saint Francis of Assisi(1182—1226),天主教方济各会及方济各女修会创始人,意大利主保圣人,规定修士恪守苦修,麻衣赤足,步行各地宣传"清贫福音"。

今晚也

更满了,
因为雪确实落在这
太阳漂流,太阳湿透的海上,
装在篮子里的冰花朵
你带进城里。

你
要求用沙子交换,
因为最后的
玫瑰回到家里
今晚也想有东西给它吃
在嘀嘀嗒嗒的时辰之外。

面对一支蜡烛

雕花的金子,
母亲,按你吩咐,
我用它造了烛台,
在裂为碎片的时光里
她变得和我同样阴郁:
你那
停留在死亡中的女儿。

身材苗条,
细长杏眼的投影,
她的嘴巴她的性
被睡眠之畜围绕,她边舞蹈,
边从裂开的金子中飘起来,
她上升
进入此刻之巅。

用黑夜压住
的嘴
我祝福:

以三位的名义

他们自相残杀直到

天国沉入情感之坟墓,

以三位的名义他们的戒指

在我手指上闪光每当

我松开陷入裂窟的树木的茸毛

好让更丰沛的洪流冲过大海——,

以三位中首位的名义,

他大声喊叫

在听到召唤让他活在他的话已在那儿的地方的时候,

以第二位的名义他旁观他哭,

以第三位的名义,他在中心

堆起白石,——

我宣告你摆脱了

那湮没我们声音的"阿门",

摆脱了它周边的冰光

那儿,高得像塔楼,它进入大海,

那儿那灰东西,那鸽子

啄起那些名字

在死亡的这一侧那一侧:

你依然是,你依然是,你依然是

那亡故女人的孩子,

祭献给我渴望的"不",
与一位母亲的话引我
前往的时间中的一道裂缝结合
只要能有一次
那始终伸向我内心的手
完全战栗。

用一把可换的钥匙

用一把可换的钥匙
你打开那间屋子,里边
无声无息之物的雪漂浮。
你选哪把钥匙一向
由你的眼你的嘴
你耳朵喷出的血而定。

你换钥匙,你修改无拘无束
与雪花一同漂浮的字。
雪球围着字构成什么
取决于阻止你的风。

深夜里噘嘴

给汉娜和赫尔曼·兰兹

深夜里
花儿噘嘴,
云杉枝干杂乱
无章,连在一起,
苔藓发暗,石头松动,
寒鸦跳起来,开始
冰川上无止尽的飞行:

我们追上的
那些人就在这儿安息:

他们不会命名时辰,
他们不会去数雪花
不会沿着小溪走到鱼梁[1]。

他们各自为阵活在世上,
每一位都将陷入暗夜,
每一位都紧挨着死亡,
光头,易怒,被远处

和近处的寒气冻伤。

他们赎清与生俱来的罪,
他们赎清它因为一个夏天般
不公平地存在的字。

那个字——你懂的:
一具僵尸。

让我们洗它,
让我们梳它,
让我们转动它的眼睛
让它望着天国。

1 拦截游鱼的枝条篱。

无论捡起哪块石头

无论捡起哪块石头——
你都会暴露
需要石头保护的东西:
再无遮蔽,
现在它们重新开始缠绕。

无论砍倒哪棵树——
你都用来
搭床架,床上
那些灵魂再次挤在一起,
仿佛这永世
不会
战栗。

无论说什么——
你都感激
毁灭。

时间之眼

这是时间之眼:
它从七彩
眉毛下向外斜睨。
它的眼睑被火洗净,
它的泪水是热蒸汽。

瞎眼的星辰朝它飞翔
融化在更热的睫毛上:
人世的天气正在变暖
而死者
发芽,开花。

纪念保罗·艾吕雅

把那些字放进死者的坟墓
为活下去他一直在说它们。
把他的头枕在它们上边,
让他感觉到
那些渴望的话语,
那些钳子。

把那个字放在死者眼睑上
那个字他用来拒绝那个
称他为**你**的他,
他飞流的
心脏之血从那个字旁边经过
当一只像他自己的手一样的空手
将称他为**你**的他
与未来之树绑在一起。

把这个字放在他眼睑上:
也许
他的眼睛,还是蓝的,有那么

一秒,还将呈现更加外邦的蓝,
那个称他为**你**的他
会和他一起梦见:我们。

示播列[1]

和我的石头一起
在铁栅后边
大声哭泣,

他们将我拖进
市场中心,
拖到那个
旗帜招展而我从未
向它宣誓效忠的地方。

长笛,
夜的双长笛:
想起维也纳
和马德里
孪生的深红。

下半旗吧,
记忆。
下半旗

今天,永远。

心:

即便在这儿也要宣告你自己,

在这儿,在市场中心。

大声喊出示播列,向你

外邦的故园喊出来:

二月。*No Pasarán*[2]。

独角兽:

你认识这些石头,

你认识这流水,

来,

我要带你去往

轰鸣的

埃斯特雷马杜拉[3]。

1 shibboleth,圣经典故。据圣经记载,以法莲人(以法莲支派为《旧约》时代以色列十二支派之一,雅各之孙、约瑟次子以法莲的后裔。公元前722年,该支派亡于亚述)口音含糊,难以分清"示"与"西",常将"示"读为"西"。士师时代,士师耶弗他率基列人打败以法莲人并占据约旦河渡口,溃败的以法莲人试图过河逃跑,被耶弗他士兵阻截盘问,竭力否定自己是以法莲人。于是基列人让过河者——呼喊"示播列",谁喊出"西播列"谁就是以法莲人,要被杀掉。在后来的西方语言中,"示播列"成为"区分某人所属党派"的代用语,或指代"通过警戒线时使用的口令",或"考验词"。

2 No Pasarán,西班牙内战时期共和军抵抗法西斯的一句战斗口号,意为"他们休想通过"。

3 Estremadura,位于西班牙首都马德里西南至葡萄牙边界。1936年,西班牙人民阵线曾在这里建立根据地。

你也，说

你也，说，
作为最后的人说，
直说。

说——
但别让是与否撕裂。
把这层含义也说出来：
给它披上阴影。

给它足够的阴影，
给它与你
亲眼所见散布在你周围从午夜
到正午到午夜同样多的阴影。

看看四周：
看看万物是多么欢欣雀跃——
就在死亡地盘上！雀跃！
谁说出阴影谁就在说实情。

但现在你站立的地盘正在萎缩：
去哪儿呢，满身阴影者，去哪儿？
攀登。向上探索。
越憔悴，越少为人所知，你就越高雅！
更高雅：一根线
星辰想落在上边：
为的是游到渊深处，下边
它看见自己闪光：在流浪
的那些字变大时。

出自沉默的证据

给勒内·夏尔

黄金和遗忘之间
以链条连接:
黑夜。
两边都抓住她。
两边都一意孤行。

与她会合,
现在你也与想要和
每天一同出现的东西会合:
星辰淹没的字,
大海淹没的。

每一个字,
唱给他的每一个字,
当成群猎犬猛地咬住他脚踵——
唱给他然后冻住的每一个字。

她的,黑夜的,星辰
淹没的字,大海淹没的,

她的陷入沉默的字
当毒牙刺破它的音节它的血
尚未凝结。

陷入沉默的黑夜的字。

与众人背道而驰,
受到很快要加入
时间和季节的骗子听力的诱引,
这个字终于做证,
终于,当链条突然鸣响,
证明黑夜位于
黄金和遗忘之间,
是它们永远的血亲——

那么,何处是
这个字初现之地,告诉我,如果不是与黑夜一同
浸泡在她泪水的河床里,
那一次次展示猛地下沉的落日——
播撒的种子的黑夜?

收葡萄的人

给纳尼和克劳斯·德穆斯

他们收他们眼里的葡萄酒,
他们也榨所有哭出的泪水:
如此遂了黑夜的愿,
这黑夜他们靠在它身上,这堵墙,
如此受着石头的压迫,
这石头他们的曲柄杖冲它诉说
沉默的回答——
他们的曲柄杖,只有一次,
只在秋天有一次,
当一年的收成胀到极限,葡萄圆滚滚,
只有一次会以沉默说话
向下,说给沉思的深坑。

他们收获,他们榨酒,
他们用力压时间犹如压他们的眼,
他们用暗夜磨硬的双手
将渗出的哭出的窖藏在他们
备好的太阳的墓穴里:
为的是接下来一张嘴会渴盼这个——

一张迟到的嘴,像是他们自己的:
屈服于盲目和残废——
一张嘴,深海汲出的东西向它翻涌,与此同时
天国坠入蜡一般的海洋,
远远地,像一截蜡烛头,闪光,
这时嘴唇终于打湿。

到小岛去

到小岛去,亲近众亡灵,
与森林独木舟结为一体,
他们的手臂环抱着天空,
他们的灵魂阴沉地鸣响:

外邦人和自由人在划船,
他们是巧匠对付冰与石:
它们被下沉的浮标敲响,
鲨鱼蓝的海冲它们怒吼。

他们划,他们划,他们划——:
你们死者,你们游水者,带路!
这,也被捕鱼笼包围!
明天我们的海就干涸!

选自《言语栅》
(1959)

声音

声音,在河水
光滑的绿色中刻出印痕。
翠鸟俯冲,
瞬间嗡嗡响:

每一处河岸上
站你身边的东西
顿时
刈割为另一种光景。

*

源自荨麻小径的声音:

快向我们伸出你的手。
谁孤零零守着一盏灯
就只能看着自己的手。

*

静脉般布满暗夜的声音,你
将钟挂到那些绳子上。

穹状生长,世界:
当死者的海螺游上来,
这儿就会听到钟声轰鸣。

*

你的心从种种声音
缩回到你母亲的心。
源自绞架树的声音,
那儿夏材和春材
反复交换它们的年轮。

*

瓦砾堆中,喉咙里的,声音,
那儿无限在铲去什么,
(心一)
黏滑的小溪。

孩子,把我在上边就位的小船
推下水:

风暴袭击船腹时,
压板会"啪嗒"一声关上。

*

雅各的声音:

泪水。
一位兄弟眼中的泪水。
一滴泪粘着,变大。
我们住在里边。
吐气,好
让它落下。

*

方舟深处的声音:

唯有

那些嘴

被抢救。你们

下沉者,也听听

我们吧。

*

无

声音———一种

迟来的噪音,时光的外来者,一份

送给你思想的礼物,终于

被唤醒:一块

心皮,眼睛那么大,刻了

深痕;它

用松脂涂,无法

愈合。

信任

会有不同的眼,
外邦的眼,紧挨着
我们的眼:在石头的
眼睑下哑口无言。

来吧;钻你的入口!

会有一根睫毛,
倒刺石头,
被不哭的家伙变得冷酷,
最细的轴。

它在你面前起作用,
似乎,幸亏石头在,依然有兄弟。

带上信和钟

蜡
封住先前猜中你名字
却未写
出的字,
现在破译你名字
之密码的字。

满溢的光,现在你会莅临吗?

手指,也是蜡,
滑入
古怪费劲的戒指。
指尖化了。

满溢的光,你会莅临吗?

虚空的时光,时钟的蜂巢,
婚礼是千百只蜜蜂,

准备远行。

满溢的光,莅临吧。

一幅画下边

麦浪上空密密麻麻的渡鸦。

哪个天堂的蓝?更高的?下面的?

灵魂刚刚射出的箭。

更响的嗖嗖声。更近的光辉。此世彼世。

返回故园

飞雪,越来越密,
像昨天,还是暖灰色,
飞雪,似乎就在此刻你还在睡。

白,堆到远方。
其上,是消失者
无尽头的雪橇辙印。

下边,藏着,
扳起
伤害眼睛的东西,
山丘连绵,
看不见。

在每座山丘上,
把家迎到它的今天,
一个我悄悄陷入哑默:
一根木,桩。

那儿：一种感情，
被紧贴它的鸽子—，
它旗帜般的雪色
织物的冰风刮遍。

熄灯礼拜[1]

我们就要到了,主啊,
就要到了,触手可及。

摸到了,主啊,
相互紧抓住[2],仿佛
我们每个人的躯体都曾是
你的圣体,主啊。

祷告,主啊,
为我们祷告,
我们就要到了。

我们东倒西歪走到那儿,
走到那儿向水槽
向弹坑俯身。

为喝水我们走到那儿,主啊。

是血,是

你流出的血,主啊。

它闪光。

它将你的形象映射在我们眼中,主啊。
我们的眼我们的嘴就这么张开空空如也,主啊。
我们喝下去了,主啊。
这血,这血中的形象,主啊。

祷告吧,主啊。
我们就要到了。

1 Tenebrae,天主教仪式,指在复活节前一周最后三天的早课经和赞美经,仪式过程中将灯烛渐次熄灭。策兰告诉他的天主教朋友、学者奥托·波戈勒说,这是"他最喜欢的一首诗"。这首诗部分受到弗朗索瓦·库伯兰叙述耶稣受难故事的康塔塔清唱剧的激发,该剧内容取自《耶利米哀歌》,而这部圣经作品本身即犹太教为耶路撒冷的陷落以及随之而来的不幸所唱的重要挽歌。(《保罗·策兰传》,P118)

2 就在策兰创作《熄灯礼拜》之前不久,吉拉德·莱特林格的《最终方案》出版了德语译本。在这份研究报告中,作者这样描述那些在毒气室门后慢慢窒息的犹太人,"人都已经死了,却还紧紧抓住彼此的手"。(《保罗·策兰传》,P121)

花[1]

石头。
悬空的石头,我追随。
你的眼是瞎的,像石头。

我们是
手,
我们将黑暗舀空,我们发现
上升到夏天的那个字:
花。

花——瞎子的字。
你的眼我的眼:
它们留
意水。

变大。
心墙靠着心墙
为它添加花瓣。

再来一个这样的字,那些锤子

就会在户外挥舞。

1　埃里克是策兰和吉赛拉的儿子,1957年春20个月大时说出第一个字——"花",策兰用这个字写了这首诗。

白与轻

数不尽的,镰刀形沙丘。

风的影子中,由千百个你,组成。
你和手臂,
伸出赤条条的手臂,我渐渐变成你,
消失的人。

光柱。它们将我们猛推到一起。
我们拥有光明,疼痛和名字。

挪动
我们的白,
没有我们
互换的重量,
白与轻:
让它游移。

远方,月亮临近,像我们。它们建造。
它们在流沙

中断处建造陡壁,
它们添
造:
用光的渣滓和浪的泡沫。

受陡壁召唤的流沙。
它召唤
额头靠近,
那些为了照镜子
借给我们的额头。

额头。
我们和它们一起翻滚。
向着额头之岸。

你睡着了?
睡着了。

海的磨臼转动,
明亮如冰,闻所未闻,
在我们眼中。

言语栅

栅栏的铁条间眼睛瞪圆了。

颤动的眼睑
自动往上推,
投出一瞥。

伊利斯[1],漂游者,无梦,凄凉:
灰心的,天空,肯定近了。

铁架中,斜穿,
烟分裂。
凭着它对光的感觉
你猜出了灵魂。

(如果那时我像你。如果那时你像我。
那时我们不是站在
同一场贸易风下吗?
我们是外邦人。)

石板路。在路上,

相互紧挨,两个

灰心的水坑:

两个

都是满嘴死寂。

1 原文为 Iris,意为:希腊神话中的彩虹女神;(眼球的)虹膜;鸢尾属植物。

雪床

眼睛,瞎眼世界,死之裂隙里:我来了,
我的心越来越冷酷。
我来了。

月亮镜子岩石面孔。向下。
(因呼吸而闪着斑驳的光。血的痕迹。
灵魂聚成的云朵,再次接近真面目。
十指的投影,钳紧。)

盯着瞎眼世界,
盯着死之裂隙,
眼睛眼睛:

我们两个躺在雪床上,雪床。
水晶挨着水晶,
我们倒下,我们倒下
躺在那儿,倒下,时间般深陷罗网。

倒下:

我们从前活着。我们现在活着。
我们是与黑夜同在的一具肉体。
走在路上，在路上。

布列塔尼素材

荆豆灯,黄光,坡地
向着天空溃烂,荆棘
刺出伤痕,里边钟声
轰响,天黑了,空无
之海向着信仰上涨,
血帆向你进逼。

你身后淤积的河床
焦枯,它的时光
被芦苇堵塞,上方
靠近星辰,乳白的
航道在烂泥中絮叨,下边石头上
簇生的蛤贝张嘴呆看蓝天,一处
无常的灌木,美,
映入你的记忆。

(你认识我吗,
手?我走在
你指示的岔路上,我吐出

口中的砾石，我走，我的时间，
一堵流离失所的雪墙，投出阴影——你认识我吗？）

手，荆棘
刺出伤痕，钟声轰响，
手，空无，它的海，
手，荆豆灯下，
血帆
向你进逼。

你
你教
你教你的手
你教你的手你教
你教你的手
　　　睡觉

运送块石的驳船

水上时光,运送块石的驳船
载我们进入夜晚,像它一样
我们不慌不忙,所以一个
亡灵才能站在船尾。

…………

卸了货轻松了。肺,水母
膨胀为钟,一个延期的
棕色灵魂抵达
欢快地呼吸的不。

万灵节

我干了
什么?
为黑夜授精,好像
还有别的黑夜,比这一夜
更黑夜。

鸟儿飞,石头飞,一千种
描述过的路线。落入视线的光景,
是偷,是抢。海,
品尝,不停地喝,不停地出神。灵魂
黯然的一小时。接着,一道秋光,
献给走上
那条路的盲目情感。别的,很多,
无立锥之地只有自己沉重的根源:隐约闪现,惨遭驱逐。
弃儿,群星,
悲伤浑厚的语言:紧随
沉默废除的一个誓约被命名。

曾经(何时?也忘了):

在我的脉搏

公然反抗的地方摸到了倒刺。

科隆,宫廷街

心的时光,我们
梦见的那些人保卫
午夜的花押字。

有人跟沉默说话,有人一言不发,
有人出发。
驱逐和失踪
都发生在家里。

你们大教堂。

你们视而不见的大教堂,
你们听而不闻的河流,
你们深陷于我们的钟。

去远方

重又，缄默，宽敞，一间屋——：
来，你该住那儿。

时光，咒语般细心调校：见到
避难所。

剩下的空气比从前刺鼻：你必须呼吸，
呼吸，做自己。

构思风景

下边，一座座圆坟。岁月
迈着四拍子脚步走在
周围陡峭的台阶上。

火山岩，玄武岩，地心
赤热的石头。
源泉的凝灰岩
那儿，我们尚未诞生，就为我们
造好了光。

油绿，不可通行的时刻
被海水充满。向着
中心，灰色的，
一座石头的鞍形山，上边
凹痕累累，焦黑，
那畜生的额头有着
光亮夺目的白斑。

低潮

低潮。我们看见
藤壶,看见
帽贝,看见
我们有指甲。
没有谁从我们心墙为我们砍下那个字。

(滨蟹的爬痕,明天,
垄沟里爬,栖息地小道,灰
淤泥中风的
印迹,漂亮的沙,
粗沙,从
墙上剥落,和
别的介壳类一起,在贝壳
淤积层里。)

一只眼,今天,
责骂另一位,两人,
一致了,紧随激流直到
它的阴影,卸下

他们的负担(没有谁

为我们砍下那个字,从我们——),向着陆地的

河湾靠岸——不可航行的

短暂沉默前的

一座沙洲。

一只眼，睁开

光阴，是五月的颜色，凉。
被命名的"不复存在"，热，
能听见有人说。

再一次，全都无声无息。

眼球的疼痛深渊：
眼睑
不再随心所欲，睫毛
不清点什么东西进来。

眼泪，流到一半，
更机警的晶状体，滴溜溜，
将种种形象给你带回家。

上边，无声无息

上边，无声无息，那些
流浪者：秃鹫和星辰。

下边，一切结束后，我们，
我们十个，沙人。这儿，
时间，它怎么连一小时，
都不能给我们，
在沙城。

（说说这些水井，说说
井口，井中辘轳，说说
水井屋——给我们说说。

数了又数，钟表，
这座也，停了。

水：怎样
一个字啊。我们懂你，你是生命。）

不邀自来的，外邦人，从客人，
那儿来。
他滴水的衣服。
他滴水的眼睛。

（给我们说说这些水井，还有——
数了又数。
水：怎样
一个字啊。）

他的衣服－和－眼睛，像我们
他被黑暗浸透，他证明了
悟性，现在他数，
像我们，数到十
不再往下数。

上边，
那些流浪者
依然
全无动静。

密接和应[1]

*

被人驱逐到这
有着
绝不会弄错的小道的地带:

杂草,七零八落。石头,白,
上边是草茎的影子:
别读了——看!
别看了——走!

走,你的时光
没有姐妹相伴,你在——
在家里。一只轮子,缓缓,
碾过它自己,轮辐
攀登,
在浅黑的荒野攀登,暗夜
不需要星辰,无论在哪儿
任何人都不来问候你。

*

   无论在哪儿
      任何人都不来问候你——

他们躺下的地方,它有
名字——它什么
都没有。他们没躺在那儿。有个东西
横在他们中间。这件事
他们还没看透。

没看透,没,
说起
那些字。没有一个人
醒来,
昏睡
攥住了他们。

*

     来,来。无论在哪儿
       任何人都不来问——
是我,我,
我横在你们中间,我敞露

无遗,能
听见,冲你们嘀嗒响,你们的呼吸
受到控制,这还
是我,但那时
你们都在昏睡。

*

        这还是我——

岁月。
岁月,岁月,一根手指
上上下下摸,摸
遍了:
接缝,能摸到,这儿
它大大地撕开,这儿
它又合上——谁
掩盖了它?

*

       掩盖了
        它——谁?

来了,来了。
一个字来了,来了,
穿过暗夜到来,
想要发光,想要发光。

灰。
灰。灰。
暗夜。
暗夜-连着-暗夜。——走
向那眼睛,那潮湿的眼睛。

*

    走
       向那眼睛,
           那潮湿的眼睛——

狂风。
狂风,来自时间源头,
疾驶的颗粒,别的,
你们
熟悉,而,我们
只在书里读到,是
表象。

是,是
表象。我们
如何相互
触摸——相互,用
这些
手?

那,也有成文的。
哪儿?我们
把一种沉默放在它上边,
依然带着毒,剧毒,
一种
绿色的
沉默,一个萼片,一种
附属于它的草木的表象——

绿色的,是啊,
附属于,是啊,
在诡谲的
天空下。

附属于,是啊,
草木。

是啊。

狂风，疾驶的

颗粒，还有

时间，用石头

考验它的时间——天气

宜人，它

没干预。我们

多幸运：

布满细粒，

布满细粒并且多筋。多茎，

稠密；

像葡萄，明亮照人；有点像腰子，

有点平，又

不平；零散，乱

糟糟——：他，它

没干涉，它

说，

心甘情愿对着干燥的眼睛说，在合上它们以前。

说，说。

存在，存在。

不愿
放弃,我们一站
到中间,一座
布满弹孔的庞然建筑,它就
来了。

抵达我们,出现
在我们身边,无影无形
修补,不停地在最后的
羊皮纸和世界
上
修补,一块千分之一水晶,
发芽,发芽,

*

      发芽,发芽。
     后来——

黑夜,完全混杂。圆形广场,
蓝色绿色,猩红色
广场:
世界用最深处的贮藏
卷入与新时光的

游戏。——圆形广场,

红色黑色,明亮的
广场,没有
飞翔的影子,
没有
可测量的桌子,没有
冒烟的灵魂上升或加入。

*

      上升或

        加入——

猫头鹰逃亡途中,靠近
变硬的痂,
靠近
我们流血的双手,在
刚刚发生的排斥中,
几乎
就在倾圮老墙
防弹壁障上方:

又一次,赫然

在目:那
弹槽,那

一刻的唱诗班,那
赞美诗。和,和-
散那[2]。

因此
神殿仍在:一颗
星,
也许仍然放光。
什么,
什么都不曾毁灭。

和-
散那。

猫头鹰逃亡途中,这儿,
有关白昼般苍白的,
吃水线痕迹,的谈话!

*

(——白昼般苍白的,

        吃

    水线痕迹的——

被人驱逐到这
有着
绝不会
弄错的小道的
地带：

杂草。
杂草，
七零八落。

1　Straitening，译为法语时，策兰用的是 strette。密接和应是音乐术语，指赋格曲中紧密的和应或声音的重叠，尤其在最后部分。

2　Hosanna，原为求救之意，后用为欢呼语。耶稣骑驴进入耶路撒冷时，众民簇拥欢呼："和散那归于大卫的子孙！奉主名来的，是应当称颂的！高高在上和散那！"

选自《从未存在者的玫瑰》
(*1963*)

他们里面有土

他们里面有土,于是
他们挖。

他们挖他们挖,就这样他们的白天
他们的夜晚,都为他们逝去。他们不赞美上帝,
他们听说,上帝,想要这一切,
他们听说,上帝,知道这一切。

他们挖再也没听到什么;
他们没变得聪明,没编出歌曲,
也没为自己发明语言。
他们挖。

一会儿阒寂无声,一会儿暴风骤雨,
所有的海涌来。
我挖,你挖,虫子也挖,
响起了大喊声:他们挖。

哦一个,哦一个都没有,哦没有一个,哦你:

这条路通向哪儿如果它哪儿都不通?
哦你挖我挖,我向你那边挖,
戒指在我们手指上醒来。

有关走-向-深-渊的字眼

有关走-向-深-渊的字眼
我们早就读到。
那时到现在,很多年,很多字。
我们还是老样子。

你知道,空间没有尽头,
你知道,你不需要逃走,
你知道,铭刻在你眼中的
加深了我们的深渊。

带上酒和丧失

带上酒和丧失,带上
耗尽的这两样:

我骑行穿过雪地,你听见吗,
我骑上帝驶向远和近,他唱,
这是
我们最后一次跨越
人类的跳栏。

听到我们在他们
头上他们闪开,他们
写,他们
诱骗我们的哀鸣
变成他们
想象出的一种语言。

苏黎世,白鹳旅店
——给奈莉·萨克斯

我们说起"太多",说起
"太少"。说起你
和又是-你,说起
明晰是如何费神,说起
犹太特性,说起
你的上帝。

说起
那儿。
耶稣升天日,大
教堂耸立在对岸,投下
横越河面的金色倒影。

我们说起你的上帝,我说了
忤逆他的话,我
让我拥有的那颗心怀着
希望:
鉴于
他那至高的,死亡般格格响的,他那

怨恨的话——

你眼睛看着我,又转过脸,
你嘴巴
冲着眼睛说话,我听见了:

我们
真是不懂,你知道,
我们
真是不懂,
到底什么
重要。

这么多星星

这么多星星为我们
坚持运行。当我
看着你,我被——何时?——
他人的世界
排斥在外。

哦银河系的,这些路,
哦这为我们反复估量
黑夜之重的时光已成为
我们姓名的负累。我知道,
我们活过的这段时光
不真,它在那儿动,
盲目,不长于那儿和别处
之间的一口气,有时
我们的眼睛彗星般嗖嗖响
飞向地窟里灭绝的生灵,
他们早已焚毁,
乳头灿烂,时光站立
在已经成熟

衰退，离开的事物上，所有
存在，存在过，将要存在的——，

我知道，
我知道你也知道，从前我们知道，
从前我们不知道，从前
我们在那儿，终究，又不在那儿
有时，当
我们之间唯有虚空耸立我们彼此
完全一致。

你的生命在那边

黑夜中
你的生命在那边。
我用那些字把你请回来,你到了,
一切都真都是对真的
期待。

在我们窗前
豆茎攀援:想想
谁在我们身边生长
盯着它。

我们读到过,上帝,是
部分,是配角,丢三落四的家伙:
在所有
被刈倒者的死亡中
他自己倒越发健壮。

那儿
我们的目光引领我们,

我们

应付的

正是这一半。

在两边

在两边,星辰
为我变大的地方,远
离所有的天国,靠近
所有的天国:
一个人
是怎样在那儿醒着!世界
是怎样为我们敞开,恰好穿过我们
自己中间!

你就在
你目光所及之处,你在
上边,在
下边,我
找到我的出路。

哦这流浪的空空的
好客的中间。不在一起,
我开始跟你争吵,你
开始跟我争吵,彼此

背离,我们看

透了:

一

和同一

已经

遗弃了我们,一

和同一

已经

忘了我们,一

和同一

已经——

十二年

留下来
趋于真
的诗行：……你
在巴黎的房屋——为你的
双手存在的圣坛。

三次深呼吸，
三次大放光芒。

…………

背着我们，它变得
又聋又哑。
我看见毒花。
在形形色色的字和人影中。

去。来。
爱将它的名字抹杀：它
将自己归在你名下。

思前想后

思前想后我
走出世界：你就在那儿，
你是我安静的，向我敞开的人，并且——
你接纳我们。

谁
说在我们眼睛坏了的时候
万物都为我们死？
万物都被叫醒，万物开始。

巨大，一轮太阳漂来，明亮
一个灵魂和一个灵魂直面它，清澈，
他们的沉默熟练地设计出
一条太阳的轨道。

你略微
张开怀抱，一口气
安静地升向以太
和造云者，难道它不是，

难道它不是取自我们的形象,

难道它不是

等于一个名字?

泄洪闸

在你所有的哀痛
上方:没有
第二个天堂。

....

就在嘴边
对它来说这是千言万语的一个字,
我失去——
我失去一个字
已经属于我的字:
姐妹。

由于
崇拜众神
我失去一个正在寻找我的字:
Kaddish[1]。

我必须

穿过泄洪闸,

将咸味洪水里

进进出出来回泅渡的字抢救回来:

Yiskor[2]。

1 犹太教祝祷上帝的赞美词,通常在礼拜仪式的主要部分结束时由主领人用阿拉米语背诵(Kaddish 是阿拉米语中表示"神圣"的一个词)。会众的应和词是:"愿主的大名受祝福,永世无尽。"祷词内容古老,与《新约》中的《主祷文》相似,用来为死者祈祷,由生者唱给死者。起初,Kaddish 在拉比学院中使用,宣讲教义的人结束讲演或布道之后背诵,后来逐渐成为会堂礼拜文的独特内容。

2 Yiskor,犹太教教徒怀念亡故亲人的一种祷告仪式。

哑秋天散发气味

哑秋天散发气味。延
命菊,尚未凋谢,你的
记忆在家和陷坑之间
穿过。

一种奇异的丧失
明显在场,你似乎
在人世活过
差不多吧。

冰，伊甸园

有一个丧失的故园，
明月在芦苇中变大，
所有和我们一样死于
酷寒者，燃烧，看见。

它看见，因为它有眼睛，
每只眼睛都是人间，都明亮。
暗夜，暗夜，那么多灰汁。
这眼-孩儿[1]的馈赠是视力。

它看见，它看见，我们看见，
我看见你，你看见我。
这一刻结束前
冰会从死者中复活。

---

1 策兰自造的词，原文为 Augenkind，米夏埃尔·汉布格尔直译为 eye-child。

赞美诗

再也没有谁用泥和土捏出我们,
再也没有谁用我们的尘变戏法。
再也没有谁。

再也没有谁,向你感恩。
为了你
我们会开花。
向着
你。

从前,现在,
什么都不是,我们会
一直,开花:
什么都不是一族-,
从未存在者的玫瑰。

用
我们清澈灵魂的雌蕊,
用我们天国劫灰的雄蕊,

我们在荆棘上,
哦在荆棘上歌唱的我们那
有红字的
红色花冠。

图宾根,一月

说得眼睛都
瞎了。
他们所谓——"哑谜
纯粹是
发明出来的"——,他们对
鸥鸟在里边
盘旋的浮动的荷尔德林塔
的记忆。

溺死的细木工们对这些
淹没的
字的参观:

会,
会有一个人,
会有一个人得到世界,今天,他长着
族长亮闪闪的
胡子:他能,
如果他说到这个

时代,他

只能

一遍又一遍

唠叨,唠叨,

无休无止。

("Pallaksh。Pallaksh。"[1])

1 据说这是荷尔德林晚年所说的一个意义含混的词,有时表示"是",有时表示"否"。(《保罗·策兰传》,P206)

传唱于巴黎蓬多瓦兹区[1]的
无赖与扒手小调
保罗·策兰
写于萨达哥拉附近的切尔诺维兹[2]

仅仅是偶尔,在黑暗时代
——海因里希·海涅《致以东》[3]

那会儿,他们还用绞架,
那会儿——没错吧?——他们
在高处竖起一个。

风,我的胡子哪儿去了,我的
犹太地段呢,我被你们
拔光的胡子哪儿去了?

曲里拐弯,我选的小路
曲里拐弯,对啊,
对吗,
是直路。

嗨—嗬。

像钩子,我鼻子也这样。
鼻子。

于是我们向着弗留利[4]挺进。
我们到那儿了,我们到那儿了。
因为巴旦杏树开花了。
巴旦杏树,班旦杏树。
杏仁梦,杏忍梦。
还有阿勒曼德树。
勒曼德树。

嗨—嗬。
嗡。

献辞

还在,
那棵树,它还在抽芽。它,
它也
抵抗
瘟疫。

1　Pontoise，源自法国诗人维庸被判绞刑后完成的一首四行讽刺诗："我是弗朗索瓦，这名字令我心情沉重，／生在巴黎蓬多瓦兹。／我的身体将在绞索上晃荡，／脖子将知晓屁股的分量。"

2　Czernowitz/Sadagora，1920年策兰出生于切尔诺维兹，这里的十万居民中将近一半是犹太人。策兰的母亲出生于萨达哥拉，这里一向以小偷出没闻名。直到战争爆发，萨达哥拉一直是犹太教哈西德派活动中心（策兰的外曾祖父是虔诚的哈西德派信徒）。对策兰影响很大的马丁·布伯曾提到一次给了他很大启发的经历，事情就发生在"萨达哥拉附近的切尔诺维兹"。

3　Edom，以扫的别称，因将长子名分卖给弟弟雅各换得红豆汤而得名。以东意为"红"。

4　Friuli，弗留利－威尼斯朱利亚为意大利东北部一个地区。

炼金术的

沉默,黄金般炼过,在
烧焦的
手上。

又大,又暗
姐妹般的身影
亲近如丧失的一切:

所有的名字,所有和其他
东西
一同焚烧的那些名字。这么多
灰本该有福。这么多
土地在
轻若
鸿毛,如此轻若鸿毛的一圈圈
灵魂上方
得胜。

又大,又暗的。渣子

都没有。

接着,你。
你有着苍白的
咬开的蓓蕾,
你被酒湮没。

(难道你不觉得,这时钟,
也将我们赶走?
好,
好,这儿,你的字就这样掠过我们,消亡。)

沉默,黄金般炼过,在
烧焦的,烧焦的
手上。
手指像烟,非实体。像王冠,四周空气的
王冠——

又大,又暗的。无影
无踪。
就像
王者。

……源泉激溅

你们祷告者-,你们渎神-,你们
祈求我沉默之
利
刃。

你们是我的字和我一起
一瘸一拐地走,你们是
我直来直去的字。

而你们:
你们,你们,你们
我一天天变得真,更真的-
饱经蹂躏的后来
的玫瑰——:

有多少,哦有多少
世界啊。有多少
路。

你们是拐杖,你们是翅膀。我们——

我们将唱起摇篮曲,那支,
你们听见吗,那支
歌中有人,有类,有人类,歌中
有卑微者,有
一双准备好的眼睛当
泪水－难以－
止住。

这沉重不再

这沉重

不再

时不时

和你一起降落

到这一刻。它是

另一个。

它是阻止那会守着你的

虚空的

力量。

像你一样,它没名字。也许

你们是同一个,一模一样。也许

哪天你也会这么

叫我。

根，母体[1]

像有人对石头说话，像
你，
从陷坑里，从
变成我姐妹的
故土，激烈地
冲我叫嚷，你，
很久以前的你，
身陷暗夜之空无的你，
再次与暗夜邂逅
的你，你
又是-你——：

那时，我不在那儿，
那时，你
独自，在耕地里踱步。

谁，
是谁，那
血统，那被杀害者，那站立在

天空的黑:
棒子和睾丸——?

(根。
亚伯拉罕的根。耶西的根。从未存在者的
根——哦
我们的。)

是的,
像有人对石头说话,像
你
用我的手摸进那儿,
摸进空无,这
就是这儿的那东西:

这丰饶的
土地也裂开了,
这
正在没落的
是越来越野性的
王冠之一。

1　策兰原作标题为拉丁语的"Radix,Matrix",意为"根,子宫"。费尔斯蒂纳认为直译不可取,因此在他的《策兰诗歌散文选》英译本中,这首诗仍用原作的拉丁语标题。《保罗·策兰传》中文版里,译者李尼将这首诗的标题译为"根,母体"。

向站在门口的那个人

有天黄昏,我向他,站在
门口的那个人吐露心声——:我看见
他向那呆子,向那穿着
沾满
畜粪的
步兵靴子的
愣头青兄弟疾走,
吱吱叫的
小矮人,
他那如神的
阳物血淋淋。

拉比,我咬牙切齿,拉比
勒夫[1]:

为这位——
给他的字割包皮,
为这位
在他灵魂上

缮写活生生的无,

为这位

张开你畸形的

两根手指

祝他健壮。

为这位。

…………

砰的一声关上黄昏之门,拉比。

…………

猛地拉开清晨之门,拉————

1 Loew,《保罗·策兰传》音译为利奥,本书采用《世界人名翻译大词典》(中国对外翻译出版公司,1993)音译"勒夫"。费尔斯蒂纳对此处提到的"拉比利奥"有这样的提示:"在16世纪的布拉格,利奥拉比据说通过卡巴拉的念咒法从泥土中制作出一个有生命的泥人,是一个不会说话的侏儒,却保护了犹太人,使其免于迫害和种族诽谤。在这里,他是一个'兄弟',因为希伯来泥人体现着犹太人作为一个生灵的自我,就像亚当当初也等候灵气的吹拂。"(《保罗·策兰传》,P218—219)

杏仁

在杏仁里——什么站在杏仁里?
空无。
站在杏仁里的是空无。
它站在那儿站在那儿。

在空无里——什么站在那儿?王。
王站在那儿,王。
他站在那儿站在那儿。

  犹太人的卷发,你不会变成苍苍白发。

而你的眼——你的眼盯着什么看?
你的眼盯着杏仁看。
你的眼,盯着空无看。
盯着王看。
所以它盯着看它盯着看。

  人类的卷发,你不会变成苍苍白发。
  虚空的杏仁,品蓝。

有福的

> 要是哪天你升入天国
> 你是否会这样质问上帝?[1]
> ——意第绪民歌

已经——
你已经喝了,
从我们父辈,从我们
祖上那儿传给我的:
——灵[2]。

祝——
祝福你,从远方,从
比我滴蜡
的手指更远的地方。

有福了:赞颂它的你,
熄灯礼拜之灯。

你听见,当我闭上眼睛,那

声音是如何不再跟着唱

's muz azoy zayn[3]。

你在那些瞎眼的

牧场，念诵：

同一个，另一个

字：

有福的。

喝

了。

有

福的。

Ge-

bentscht[4]。

1　熄灯礼拜上用的赞美语。

2　Pneuma 是策兰和他信奉天主教的妻子都使用的一个关于上帝创世的字眼。希腊语的 Pneuma 与希伯来语的 Ruach 是一个意思，意为"风""气""灵"。Pneuma 也出现在卡巴拉里——"一种特别的灵，就是'安息日之灵'，会进入信仰者。"（《保罗·策兰传》，P213）

3　意第绪语，意为"一定会这样"。

4　gebentscht，意第绪语，意为"有福的"。

晶莹的石头

穿过天空的
晶莹的石头,白到
晶莹,光的
携带者。

它们不
会坠落,不会掉下,
不会击中什么。它们出
现
犹如一文不值的
欧石楠树篱,像它们一样展示,
它们滑
向你,我宁静的人儿,
我忠实的人儿——:

我看见你,你用我那新的,
我那凡人的
手捡起它们,你将它们
列入无人需要为之哭泣为之
命名的"再度-晶莹"的行列。

有马戏表演和要塞的下午

在布列斯特,在火圈面前,
在猛虎跳跃的帐篷里,
有限,我听见你在那儿,歌唱,
曼德尔施塔姆,我看见你在那儿。

天空悬在锚地上方,
海鸥悬在起重机上方。
有限之物歌唱,坚固之物——
你,炮舰,你的名字是"猴面包树"。

我用一句俄国谚语
向三色旗致敬——
失败者不败,
我们的心是强大的堡垒。

白天

野兔毛皮的天空。就在此刻
一个清晰的翅膀在写。

我也,记得,
尘土
色的那个,抵达
像一只鹤。

克尔摩望[1]

你们,星星点点的矢车菊,
你们桤木,山毛榉和蕨类:
我和亲近的你们踏上远行之路,——
我们返回,落入陷阱的,故土。

飘着胡须的棕榈树干上
黑压压挂着桂樱的种子。
我爱,我希望,我信仰,——
小小枣椰壳裂开。

乡谚开口——冲谁?冲它自己:
"服侍上帝即统治"[2],——我可以
读懂,我可以,绝非 Kannitverstan[3],
而是更明白。

---

1 Kermorvan,法国西部布列塔尼半岛一座村庄,策兰夫妇在那儿有一处房子。布列塔尼方言中,"克尔摩望"意为"水手之家"。
2 克尔摩望村徽上的题铭,原文为法文。

3　意为"稀里糊涂",典出瑞士德语作家赫伯尔(Johann Peter Hebel,1760—1826)同名短篇小说。

我砍好了竹子

我砍好了竹子：
为你，儿子。
我住过了。

这茅屋
明天就拆，现在
还站着。

我没参与建造：你
不知道多年前，
受人指挥
命令，我将身边的沙子，放进
了哪种容器。你的
来自空旷之地——现在依然
空旷。

芦苇在此扎根，明天
仍将站立，无论在何处
你的灵魂都会让你
自由自在。

怎么了?

怎么了？圆石离开山脉。
谁醒来？你和我。
语言，语言。共有的一大地。同路的一行星。
更穷。敞开。像故土。

它去哪儿？尚未沉陷之地。
你我的路线是圆石的逃离。
心和心。太重的判决。
越来越重。轻点儿吧。

归于一

二月十三日。示播列
在心灵的嘴上醒来。和你,
巴黎
人一起。*No Pasarán*。

小羊走左边:他,韦斯卡老人,
阿巴迪亚斯,带着他的狗
穿越旷野,一朵
流亡的人性
尊贵的白云,他将我们
需要的字吹进我们手心,那是
牧羊人的西班牙语,里边

战舰"奥罗拉"[1]号的冰光中:
亲如兄弟的手,挥舞
那些字撑大的眼睛上
取下的蒙眼布——佩特罗波里斯,
未被遗忘者的流浪城,
也像托斯卡纳一样亲近你的心。

村舍平安！

1 "Aurora"参与了1917年的俄国革命。

那个字就在那儿

那个未死的字,就在那儿,跌倒:
跌进我前额后边天国的深涧,
由唾沫和垃圾引路,那儿走着
接纳我的七枝七瓣莲。

夜之屋里的诗篇,粪堆里的生命,
被种种意象驱遣的眼睛——
还有:耸立的沉默,一块
躲避魔鬼楼梯的石头。

天体

落入眼中的都是斜的——看那儿:

太阳,心脏轨道,嗖嗖
飞掠的东西,即便可爱也徒然。
死亡和死亡
引发的一切。世世
代代的链环
还埋在这儿
悬在这儿,在以太里,
以深渊为邻。嗖嗖响的
字-沙自己钻进
那些脸上的所有字迹——小小的永恒,
小小的音节。

万事万物,
甚至最重的,早就
羽翼丰满,什么
都无法阻挡。

茅屋窗口

眼睛，乌黑：
如茅屋窗口。它集合起，
从前是，现在还是世界的：移徙的
东边的人，徘
徊不定者，人
类－与－犹太人，
密密麻麻的人，地球以心的
手指[1]，魔力十足地
紧拉住你：
你来了，你来了，
住下，我们终于要住下，某

——一口气？一个名字？——

绕着孤儿队伍走，
像舞者，笨手笨脚，
天使的
翅膀，看不见的东西压住它
脱皮的脚，被同样

落在那儿
落在维帖布斯克[2]的
黑冰雹,打得东倒西歪,

——那些人散布它,他们
用类似坦克
铁拳利爪的工具不停地写!——

漂泊,四处漂泊,
四下望风,
去地狱打望,
往缥缈的高空探查,用它的
眼睛看,引出
人马座主星,牧夫座首星,从一座座
坟墓里引出一束光,

* * *

走向隔离区和伊甸园,摘下
他,人类之一员,因为要
居住在人类中所以
需要的星座,

用步子测量
字母和字母终有一死-
万古流芳的灵魂,
走向 Aleph 和 Yod[3],走到更深处,

创立它,大卫之盾[4],让它
大放一次,光芒,

让它渐渐熄灭——它站立在那儿,
看不见,与 Alpha[5],
Aleph 和 Yod,还有别的字母
站在一起,与每一个
站在一起:在你
里边,

Beth[6],——那是
餐桌与灯和**光**一同在那儿

站立的屋宇。

1 heart-fingers(原文为 Herzfingern),策兰自造的词。
2 Vitebsk,白俄罗斯东北部城市。

3 Aleph，希伯来语第一个字母。Yod，希伯来语第十个字母。

4 Mogen David，犹太人的标志，形象为六角星，由两个等边三角形交叉重叠组成。据说一个三角象征上帝、世界和人，另一个代表创造、启示和救赎。在犹太教中，大卫之盾象征着上帝的保佑。17世纪以后，成为犹太社团的正式徽号和犹太教的通用标志。

5 Alpha，希腊语字母表首字母。

6 Beth，希伯来语第二个字母。

孔特勒斯卡普[1]

花掉环抱你
和树木之空气铸造的你的活命钱：

这
么多
都是他指定的
而他心烦意乱他对这个那个希望
厌倦透顶——这
么多

转角处，
他遇到畅饮他的暗夜
之酒，苦难与国王
斋戒前夜之酒的尖头
圣饼。

那手，值夜的手，那深埋在
他们眼睛之酒杯
里的欢乐也没来吗？

它没来吗,那长了睫毛,
叫得像人射出光芒远远地闪亮的,
从前的,三月的芦苇?

信鸽迷路了吗,能认出
它的脚环吗?(烟雾
逼近她——很清楚。)鸽群
受得了吗?能明白吗,
能在她返程失利时接着飞吗?

石板顶的船台——在漂流的鸽子
的脊棱上。预言透过
花砖渗出,所有从船上
下水的老东西都会变得年轻:

  取道克拉科夫
  你来了,靠近安哈尔特
  火车站
  滚滚浓烟向你飘来——
  明天飘来的烟。泡桐
  树下
  你看见,那些刀,再次举起,
  一箭之遥,锋芒逼人。有人

跳舞。(十四个

七月。再加九个。)

走捷径,文抄公,打结的舌头

闹剧般的生命。那位先生,

口号裹身,加入

人群。他给

自己拍了张

纪念照。那自动快门

是

你。

哦,这虚情假意

的友爱。还得,再去一趟,

那儿,你必去之地,正是

那块

水晶。

1 1962年9月末,策兰将一首诗的标题命名为"La Contrescarpe"。Place de la Contrescarpe 是巴黎的一座广场,无家可归者栖身之地,早年策兰多次在这里盘桓。1938年底,策兰前往法国图尔读医学预科课程,他乘坐的那列火车恰好在臭名昭著的"水晶之夜"经过柏林。这是策兰生命中刻骨铭心的记忆——与纳粹针对犹太人的第一次大规模迫害行动迎头遭遇。这首诗投射的正是诗人郁积于心中永远不可排遣的悲愤。

音节之痛

它专心于你的手:

一个不死的,**你**,

有了**你**每一个我都苏醒。自由话语的

声音四处结网,真空形成,万物

涌入它们,混合

不混合

再混

合。

而数字

织入

不可胜数者。一与千,还有

在前在后

比自己大的,比自己小的,熟

透了

向后向前

转变为一个

发芽的**绝不**。

被遗忘者竭力想

变成将-被-遗忘,大片的土地,众多的心

漂流,

下沉,漂流。哥伦布,

他盯着藏红

花,母亲

花,

毁坏的桅杆和风帆。万物出发,

顺风,

一路探测,

罗经花凋谢,花瓣

坠落,海洋

在轮舵鲁莽转动的黑光中

开出大堆的花。棺材里,

那些瓮,那些骨灰瓮

一个个婴儿醒了:

碧玉,玛瑙,紫晶——人民,

民族和部落,一声盲目的

听天由命吧

蛇头般

未固定的盘管拼命

干活——：一

节[1]

（向后－反向－再来－加倍－加速到

千节）那儿

深渊里狂欢节之眼睛

的一窝鼬鼠星是

书－，书－，书－

抛锚，抛锚。

[1] 节＝海里／小时。

全都不一样

全都和你我想的不一样,
旗帜还在飘扬,
小秘密依然无人知晓,
还在投出阴影,有它们
你才活着,我才活着,我们才活着。

谢克尔银币[1]在你舌头上溶化,
散发出**明天的**,**永远的**气味,一条通往
俄罗斯的小道在你心中浮现,
卡累利阿[2]的白桦树
还在
等,
奥西普[3]的名字向你走来,你把他早已
熟知的告诉他,他拿去,他用双手从你这儿取走,
你从他肩头卸下手臂,右臂,左臂,
你将自己胳膊安上去,用双手,用手指,用线,

——卸下的胳臂,又长在一起——
你得到了,那就拿去吧,现在你两样都得到,

那名字,那名字,那手,那手,
那就拿去吧,这誓约恒久不变,
他拿去了,而你找回
曾今属于他,现在归你的,

风车

将空气推进你的肺,字光
照耀,你划过航道,礁湖
和运河,
船尾没有**为什么**,船头没有**去何方**,公羊的犄角挑起你
——Tekiah![4]——
像一声震天号角响遍昼与夜,占卜师们
相互吞噬,人
得到他的和平,上帝
得到他的,爱
回到床上,妇女
头发又长出来,
她们乳房上
缩陷的蓓蕾
再度发芽,唤醒你
往腰

那儿爬的手心的生命-心-线——

它叫什么名字,你那
山脉后边,岁月后边的故园?
我知道它叫什么名字。
人们说它犹如冬天的童话,
犹如夏天的童话人们说它。
你母亲的三年之地,就是当年的它,
现在的它,
它到处流浪,犹如语言,
扔掉它,扔掉它,
你就会再次拥有它,犹如
那块摩拉维亚
山谷石子
你的思想将它带到布拉格,
放在坟头,放在那些坟头,放进生命,

它
消逝太久,像那些字母,像那些
提灯,你必须
再去找它,它在这儿,
小东西,白,
在附近,就在这儿,

在诺曼底-涅曼河——在波西米亚,

这儿这儿这儿

屋前,屋后,

白啊它白,它说:

今天——至关重要。

白啊它白,一股

激射的水找到出路,一阵心之激流,

一条河,

你知道它的名字,河岸

满载时日,犹如名字,

你用手,摸得一清二楚:

Alba[5]。

1 shekel,指古希伯来的谢克尔银币。

2 Karelia,俄罗斯的一个自治共和国,与芬兰接壤。

3 Osip,策兰写作生涯中最重要的先辈之一、俄国白银时代诗人奥西普·曼德尔施塔姆。这首诗的极端神秘之处在于,某种程度上,策兰渴望与曼德尔施塔姆合为一体。

4 Tekiah,犹太人在新年仪式中吹奏出的刺耳的羊角号声。费尔斯蒂纳认为这一特殊用语无法翻译,因此在翻译这首诗的时候保留原文。

5 拉丁语,意为"白"或"黎明",也是易北河(Elbe)的拉丁语名字。

天上

天上,你的根扎在那儿,那儿
天上。
那儿,沾满泥土的,地球,
呼吸-和-泥土。

被放逐者,
被烧焦者,隐约
浮现:一个波美拉尼亚人,熟悉
夏天里,母亲般的,金龟子之歌,闪亮的-
血溅在所有
刺耳的,冬日-酷寒
音节的
边缘。

子午线
和他一起流浪:
被他那
由太阳操控
的痛苦吞没,这痛苦让受困于可爱远方

正午咒语的形形色色的国度

亲如

兄弟。所有

地方都是**这儿**,是**今天**,是四分五裂者

追随他们的

瞎子代言人走进去的绝望

做成的一道光辉:

夜间的,一个吻,

为他们唤醒的一种语言的感觉打上火印,他们——:

对驱逐的

可怕光线印象深刻——这光线

集合起流散者,那些

由星辰荒漠之灵魂引路的人,那

在他们凝望的太空

搭帐篷的人,那些船,

一小束一小束希望

发出嗖嗖响的天使长翅膀的声音,毁灭的声音,

兄弟,姐妹,

太轻,太重,在乱伦的

人世的天平上

太轻,在果实

累累的子宫里，那些永生永世的外邦人
阳气十足地佩戴星星的花环，在浅滩
密集扎营，他们的躯体
堆在门槛和堤岸上，——那些

浅滩生物，畸足
之神跌跌撞撞
遇见他们——按
谁的
星球时间，已经太晚？

选自《换气》

(*1967*)

你可以

你可以用雪
款待我,绝对没错:
每当我与桑树
并肩大步走过夏天,
最年轻的桑叶
都要尖叫。

压进槽纹

就在你将我
尚未摊开的那个字压进
门缝中天国
钱币的槽纹时,
我用颤抖的拳头
捣毁我们头上
屋顶的,一块又一块石板,
一个又一个音节,就因为
讨饭碗
在那儿闪着
铜光。

在河流里

在未来以北的河流里
我撒下那张
你迟疑不决
用刻字石的影子
让它分外沉重的网。

面对你暮年的脸

面对你孤零零漂泊
在
同样改变了我的
无数暗夜中暮年的脸
有个东西慢慢站起来
从前它能听懂我们,那时,它
尚未被种种思想染指。

沿着悲痛的激流

沿着悲痛的激流
经过空空的
创伤的镜子:
四十棵剥皮的生命树
扎成筏子。

无人陪伴的逆流
泳者,你
数它们,你摸它们
每一棵。

这些数字

这些数字,与形象
的宿命和反
宿命
联结。

颅骨在它们上方啪啪响,
冲着他们
失眠的太阳穴一个鬼火般
忽闪的锤子
以宇宙节奏
歌唱那一切。

挺起向着大地歌唱的桅杆

挺起向着大地歌唱的桅杆
天国的失事船启航。

你用牙齿飞快地
咬进这木头之歌。

你是民歌合唱会的
三角旗。

太阳穴上的钳子

你颧骨盯着
太阳穴上的钳子。
在它们入侵之地
它们银光闪闪:
你和你睡觉的地方——
很快
就到你生日。

站立

站立，在空中一处
伤痕的阴影里。

不为-谁-不为-任何事情-站立。
无人认出，
只
为你。

跟住在它里边的那一切在一起，
哪怕什么都
不说。

线太阳

线太阳
灰黑旷野上。
大树
那么高的思想
奏出光的音调:人类的
另一侧仍然有
歌唱。

排长队的马车上

排长队的马车上,横
着白柏树,
他们驱赶你
穿过洪水。

对你而言,自诞生
起,
别的源泉就在汹涌,
身披记忆
乌黑的光
你向着黎明攀援。

我认得你

（我认得你，你，深深地弓着腰，
我，完全被刺穿，听候你的吩咐。
哪个燃烧的字能为你我做证？
你——太真。我——太疯。）

蚀刻

用你话语光芒
四射的风蚀刻
五颜六色道听途说
的伪经验——巧舌
如簧的谎言
诗,非诗。

旋风
突起,
顺风,
一条小路穿过人
形雪堆,
穿过忏悔者的冰兜帽,直达
冰川
好客的房间和餐桌。

深陷
时间的冰河裂隙,
被

蜂窝冰
等着，一块呼吸的水晶，
你永不消失的
见证者。

舀起来

被你眼中

那个

伟大的

瞎子舀起来：

六边

形，因拒绝而洁白的，

弃婴石头。

盲人的一只手，在名字中

流浪，也变得星星般冷酷，

只要搁在你身上

也就搁在它身上，

以斯帖[1]。

1 Esther，波斯国王亚哈随鲁（薛西斯一世）的美丽犹太王后以斯帖与堂兄末底改劝说国王收回在帝国全境杀尽犹太人的成命。国王宠臣哈曼原定在掣签（即掣普珥）决定的日子屠戮犹太人，结果反而是犹太人消灭了以哈曼为首的敌视犹太人的人们，后来犹太人定此日为普珥节（掣签节）。

不再有沙滩艺术

不再有沙滩艺术,不再有沙之书,不再有匠人。

任何人都无法靠掷骰子获胜。多少
哑巴?
十七个。

你的问——你的答。
你的歌,知道什么?

深陷于雪中,
　　　　深陷雪中,
　　　　　　　陷雪。

当白攻击我们

夜里,当白攻击我们;
当施舍罐淌出的
比水还多;
当剥皮的膝盖
给圣餐礼拜钟声暗示:
逃!——

那时
我是
彻底平静的。

现在就失明

现在就失明,今天:
永恒里同样充满了眼睛——
那里边
那帮助形象走上老路的
沉没了,
那里边
那将你从语言中抽出,用一种
你允许的姿势——犹如
秋天,丝绸和空无做成的字的舞蹈
将你搬出去的东西,消失了。

下午

下午,秒针
嗖嗖转,
石棺之墓阴影里,饱受
棺椁带来的痛苦
——我和让我
安静的你
在赭石色与红色
罗马住了两天——:
你到了,我已经躺在这儿,
明亮地滑过,水平门——:

拥抱你的,双臂显现,只能是他们。我依然
搜集
这惊人的神秘,不管不顾。

皮下缝着

我双手皮下缝着:
让双手
欣慰的你的名字。

当我揉捏
那团空气,我们的营养,
它被出自
发狂地张开的毛孔
的字母的光辉
变酸了。

黑

黑得

像记忆的创口，

眼睛在被心牙[1]

咬得发亮的

王室领地上为你扎根——

它依然是我们的床：

你必须从炉身脱险——

你脱险。

处于胚胎

意识

大海在最深处，用星号将你标出，永远。

命名的结果是，

我将我的命运抛给你。

1　策兰用 Herz（心）和 Zahn（牙）自造的词。

风景

瓮中生命组成的风景。
烟熏的嘴
与烟熏的嘴对话。

他们吃:
疯人院的块菌,成堆
未及埋葬的诗篇,
发现一个舌头,一颗牙。

一滴泪滚回眼中。

左侧,朝圣者骨架
那成为孤儿的
一半——他们给你,
然后他们给你戴上脚镣——
监听,用强力照明照亮场地:

反抗死亡的失败游戏
可以开始了。

杂耍艺人的鼓

听到我的心钱[1]叮叮当当
杂耍艺人的鼓,敲得更响。

奥德修斯,我的淘气鬼,踩着梯子的
一级级横档向伊萨卡攀登,
龙尚街[2],滥饮后的
一小时:

将那个加到画面里
它将我们当骰子扔回家中
杯子里,我和你躺在里边,
再也不能扔来扔去。

1 策兰用 Herz(心)与 Groschen(钱)自造的词。
2 Longchamps,巴黎十六区的一条街,属于富人区。

当你躺下

当你躺下
以绣着蓝黑音节的失败的旗
为床,在雪睫毛的暗影里,
透过思想的
倾盆大雨
那只鹤滑过来,犹如钢铁——
你向他敞开。

他的嗒嘀嗒嘀嗒为你报时
在每一张嘴里——在每一个时辰,
用一根火热的绳索,敲响
千年沉默,
不暂停,暂停
互把对方铸成硬币,
弗罗林,便士
雨点般穿过你的毛孔,
以
秒针的形象
你飞到那儿闩上

一扇扇门昨天和明天，——闪着磷光，

如永恒之牙，

你的一个乳房发芽，另一个

乳房也发芽，

朝向紧紧抓住的东西，受

推力驱动——：播撒得，

这么密

这么深的

是星星点点的

鹤－

种。

在布拉格

那半死不活的东西,
吸我们的生命吸得脑满肠肥,
将真实的骸骨形象放在我们身旁——

我们也
还在喝,灵魂已注销,两柄短剑,
缝进天国的墓碑,字血-诞生
在夜床上,

越来越大
我们交错生长合为一体,不再
有名字给
驱逐我们的人(三十分之一——
攀登
通往你的癫狂台阶的
我那活生生的幽灵是多少?),

一座塔楼
其中半边自动建成"去哪里",

一座用纯洁

金匠的"不"建造的赫拉德查尼[1],

希伯来骨头

磨碎为精子

穿过我们

浮游的沙漏,现在是两个梦,在一座座

广场上,逆着时间鸣响。

1 Hradčany,布拉格位于炼金术士巷(卡夫卡就是在这里写作)上方的一座城堡。

骨灰光环[1]

骨灰光环,在你
颤抖的三种方式
打结的双手后边。

庞塔斯[2]的往昔:这儿
沉没
的
桨叶上的一滴,
全神
贯注于一个石化的誓约,
它在冒泡。

(垂直的
呼吸缆索上,那时,
比在天上还高,
两个痛苦的结之间,当
微光闪闪的
鞑靼月亮向着我们升起,
我将我伸到你和你里边。)

骨灰
光环在你三种
方式的双手
后边。

在你面前,东边的
掷骰子,可怕。

谁都不会
为见证者
做证。

1　原文为 Aschenglorie。Asche 是策兰多次使用的单词,原意为"灰""灰烬",转意为"被毁灭的东西""遗骸""遗体"。考虑到策兰诗歌的强度,这里试译为"骨灰"。
2　Pontus,原为小亚细亚国家,位于黑海之南。

写出的东西

写出的东西变得空洞,说
出的话,海绿,
在海湾燃烧,

海豚
代表液态
族类飞跃。

这儿,被永恒的乌有之乡,
回想隆隆
钟声——在哪儿呢?

谁
在这
喷着响鼻的幽灵
广场,谁
在它下边
闪光,闪光,闪光?

大提琴从后边

大提琴从后边的
悲痛开始:

强权,将那些
反-天国者分为三六九等,
碾平挡在进场跑道和入口处的
模糊难辨的东西,

升至
高空的夜晚
布满了空地矮丛林,

两股
呼吸的烟云
在太阳穴
噪音打开的书中挖,

某物趋于真,

彼岸一连
十二次被燃烧的箭射中,

黑
血妇人喝
黑血男子精液,

万物皆少于
皆多于
自身。

哪儿？

哪儿？
夜里成堆粉碎的石头那儿。

在悲痛的碎石和冰川沉积上，
在缓慢的动荡里，
在绝不的智慧深坑里。

水针
将破裂的幽灵缝在
一起——它陷入更深的
内心斗争，
赤裸着。

溶解[1]

不是东边的,一棵坟场
树劈成
木材烧火:

经过毒
宫殿,经过大教堂,
逆流而上,
顺流而下

靠着微光,被
没收的文书上
随意的标点符号
已
溃散
为
数不清,说
不出,
应该说的
名称。

1 原标题为拉丁文炼金术术语Solve,意为"溶解"。

血块

也是你的
伤口,罗莎。

你那罗马尼亚
水牛牛角灯
取代沙地上空的
群星,吵吵
嚷嚷,红色
骨灰-气味浓烈的
蒸馏罐。

复活节的浓烟

复活节的浓烟,在飘,
字母般的东西
在里边醒来。

(天国从未存在。
但还有海,火红的,
海。)

我们在此,我们,
喜悦的行程,在你们用
共同流浪的语言
烘烤荒野面包的帐篷外。

视野的偏远尽头:两个
舞蹈的刀片
越过心之幽灵的绞索。

下边,思想
残片结成的

网——在怎样
的深渊里?

那儿:咬穿的
永恒的铜便士,透过
网眼向我们喷来。

三次沙子的声音,三条
蝎子:
客人,和我们一起
在小船上。

演出之穗,感官之穗

演出之穗,感官之穗,用
迟到的夜之
五倍子编织:

谁
完全无影无形所以
能看到你?

戴眼罩的眼,杏眼,穿过
每一堵墙,
爬到
这读经台上,
再次卷起桌上的——

十个盲人的拐杖,
燃烧,笔直,无所凭借,
从刚刚诞生的符号
往上飞,

盯
住它。

这仍然是我们。

一阵轰鸣

一阵轰鸣：上帝
独自
走进
人类，
直入
隐喻之暴雨。

对口令

砍到脑子里——一半？四分之三？——
夜深了，你对口令——这些：

"鞑靼人之箭。"
     "艺术浆糊。"
         "呼吸。"

都来了。男人女人，无人下落不明。
（他们中的 Sipheten 和 Probyllen[1]。）

这个人来了。

眼泪，苹果那么大的人世在你身旁，
怒号，用回口令
回口令，
   回口令，
      快速通过。
冰一般滑过——从谁那儿来？

你说"过",

    "过",

      "过"。

无声的疮痂从你的腭上脱落
在你舌头上排成扇形吹蜡烛,

        吹蜡烛。

1 Sipheten/Probyllen,不详。

闪光的大坟堆

闪光的大坟堆,
伴着它的是
密密麻麻奋力鞭策
自己的黑星辰:

我在公羊硅化的额头上
刻下这形象,在它
两角之间,那儿
伴着螺旋状之物[1]的歌声,
融化的心海
之髓膨胀了。

他
没顶
撞的是什么?

世界已死,我必须带上你。

1　原文为 Windungen,也有电学里"线圈"的意思。

上升的烟的旗帜,字的旗帜

上升的烟的旗帜,字的旗帜,
比红更红,
在广袤
冰冻的海上,在
滑动的冰峰上,在海豹
捕手面前。

锤击你的
光线
在这儿书写,
比红更红。

用它的字
从你脑壳开始剥,这儿,
你,埋葬的十月。

用你铸金币,现在,
在它死灭的时候。

用你赢得旗帜的救援。

用你将硬如玻璃的海报
系在陆地靠这桅座顶端
突出去的
采血的系缆柱上。

有一次

有一次
我听见他,
清洗世界,
看不见,整夜,
真的。

一和无限,
被消灭,
灭。

光在。得救。

选自《线太阳》

(1968)

法兰克福,九月

瞎眼的,稀松
胡须的展板。
五月金龟子的梦
将它照亮。

后边,怨诉的照相铜版,
弗洛伊德眉头舒展,

显而易见
强忍的泪水
因那句话夺眶而出:
"最后一
次心理
学。"

模仿人的
鹩哥
吃早餐。

喉塞音
歌唱。

睡眠碎片

睡眠碎片,楔形,
被人驱逐到乌有之地:
我们一动不动,
我们躲过的
浑圆星辰
与我们合作。

那时我不懂，不懂

那时我不懂，不懂，
没有你，没有你，没有你，

于是他们都来了，
那些
不受奴役的斩首者，赞颂
无-你部落
真是蠢了
一辈子：

Aschrei[1]，

一个无意义的字，
转自藏语，
射入
犹太女子
帕拉斯[2]
雅典娜
戴盔的卵巢，

而当他，

他，

胎儿般，

用竖琴弹奏喀尔巴阡[3]的不不，

紧随其后阿勒曼德[4]
用向上传送的
不朽之歌
织出
花边。

1 希伯来语，意为"快乐""幸福"。

2 Pallas，即智慧女神雅典娜，亦作帕拉斯·雅典娜。

3 Carpathian，靠近布科维纳的山脉。布科维纳位于欧洲东南部，曾属罗马尼亚，现分属罗马尼亚和乌克兰。

4 Allemande，这里指阿勒曼德舞曲。阿勒曼德舞原为德国民间舞，17、18世纪发展为法国宫廷舞。

发出那种声音

发出那种声音,像我们的起源,
在你向着我
跌下来的深渊里
我再次让它停下,那
八音盒——你
听过的:看不见
也
听不见的那个。

雨水浇透的路上

雨水浇透的路上
小魔术师沉默的布道。

就好像你能听到,
好像我还爱着你。

白噪音

白噪音,捆扎的
光线——
聚焦于整个
桌面,和
瓶中信。

(它偷听自己,它听
海,全神贯注地
听,露出
旅途中夯拉的
嘴巴。)

唯一的奥秘—[1]
掺进那个字,永远。
(无论谁死都是滚到
光秃秃的树下。)

所有
鬼怪铰链上的

所有

鬼怪搭扣，

听得见—听不见，

现在宣告它们自己。

1　One，除表示基数"一"外，还常说明上帝的独一无二和信仰的专一不二。

从前你是

从前你是我的死神:
当一切弃我而去,
我还可以拥有你。

在我右边

谁——在我右边?女亡灵。
还有你,在我左边,你?

飞驰的镰刀远在
天外
模拟它们苍白的自我
燕子飞进月亮,
楼燕飞进星辰,

我急降到那地方
将满瓮的东西
倒在你身上,
倒进你里边。

爱尔兰

给我高于走进
你睡梦的谷物的权利,
高于睡眠
小径的权利,
在心的斜坡
掘泥炭的权利,
明天。

露水

露水。我和你躺在一起,你,身陷垃圾,
烂熟的月亮
不停地用答案砸我们,

我们粉碎流散
又在粉碎中合为一体:

上帝弄碎面包,
面包弄碎上帝。

用坏废弃的禁忌

用坏废弃的禁忌
和它们中的边境通道,
与世界一起湿透,在逃离
意义途中,
追猎
意义。

默不作声,摆渡的邋遢婆娘

默不作声,摆渡的邋遢婆娘,渡我过激流。
睫毛火焰,照亮船头的水路。

很近,在主动脉弓里

很近,在主动脉弓里,
在闪光的血里:
闪光的字。

母亲拉结
不再哭泣[1]。
所有哭泣
都带走了。

无声无息,在冠状动脉里,
解放了:
Ziv[2],那光。

1 在希伯来的传统文化里,人们认为拉结妈妈是造成驻在的人物。驻在,就是神在此世的荣光临在。无论以色列人在哪里受苦,她都会哭泣,并为此恳求神的怜悯。费尔斯蒂纳提到:"在诺曼底一个寒冷的夜晚,在策兰阅读的那本论述神驻在的书里,就在讲拉结妈妈为流放的儿女哭泣的那一页的底部,我十分吃惊地发现一些用意第绪语写的诗行:'拉结妈妈开始哭泣 / 弥赛亚终于忍不

住 / 再不能假装听不见。'"(《保罗·策兰传》，P287—288）

2　费尔斯蒂纳认为读音为 Ziv 的 Ziw 这个词源自一个民族的流放经验，在基督教里找不到对等词，不必硬译。

> ……1967 年 5 月，他在肖勒姆论述驻在的那一章里发现"Ziv"这个词，在那一章里，神的驻在"可在非俗世的智慧里显露出来——这就是经常所说的神驻在的光（齐夫）"。策兰在这段话底下加了下划线，在这一页的底部写上"齐夫"，并在书的最后一页标上"第 143 页，齐夫"字样。(《保罗·策兰传》，P289—290）

因为你找到困苦的碎片

因为你在荒野之地找到
困苦的碎片,
亡灵的诸世纪在你身边放松了
听见你脑子在转:

也许是真的
和平施展魔法用泥巴器皿
变出两个民族。

……并非

……并非
安宁。

灰暗的夜,早就知道会凉。
一团团刺激,像海獭,
意识的沙砾上
在它们前往小小
记忆泡影的途中。

灰中有灰的物质。

半痛苦,次要的东西,没有
持续的痕迹,到这儿
只走到一半。半渴望。
运动的东西,劳碌的东西。

强迫
重做的凯米奥[1]。

1 cameo，凯米奥浮雕宝石，刻有浮雕的硬石、宝石，或用玻璃、介壳制成的此类宝石仿制品。凯米奥浮雕艺术从早期苏美尔时期（约公元前3100年）到罗马文明衰落，从文艺复兴到18世纪新古典主义时期，源远流长，至文艺复兴时期达到巅峰。整个18世纪和19世纪，冠冕、胸针、手镯等镶金嵌宝的物件，往往以凯米奥宝石装饰。

权力，统治

在他们后边，拿着竹竿：
麻风病咆哮，如交响乐。

文森特邮寄的
耳朵
到了目的地。

想想吧

想想吧:
梅察达[1]的泥沼战士[2]
为他自己安家,不可
遏制地,
防备着
金属线的每一根倒刺。

想想吧:
那失去人形的瞎子
让你走出骚乱得自由,你
变得越来
越强壮。

想想吧:你
自己的手
已抓住
这一小块
可供栖息的
土地,饱经磨难后

重归

生活。

想想吧:

这一切向我走来,

名字醒着,手醒着

永远,

来自不可埋葬者。

1　Masada,希伯来语是 Horvot Mezada(梅察达遗址)。以色列东南部古堡,临近死海西南岸,建于船形山山巅,高出死海海面434米。公元70年,耶路撒冷陷落、圣殿被毁后,这里是犹太人在巴勒斯坦的最后一处抵抗据点。古堡内守军与妇孺不足千人,对抗围攻的罗马第十弗雷腾西斯军团15000人,坚守两年之久。阵地于公元73年4月15日失陷,城堡内军民宁死不愿为奴,大部分自尽。只有藏在水道中的7名妇女儿童幸存下来。1963—1965年,考古学家对整个山顶进行发掘,结果与罗马-犹太历史学家约瑟夫斯的叙述完全吻合,殿堂、库藏、防御工事、罗马军营和围城工事一应俱全。所发现物品中有一堆刻有希伯来文人名的陶片,可能是最后的守卫者决心自尽时,以掷骰子确定谁先死。

2　bog soldier。《泥沼战士之歌》是20世纪30年代传遍德国各地集中营的一首抗议歌谣,歌中唱道:"这里没有哀恸的哭声,/严冬不可能永久肆虐。/快快到来,欢庆的时辰:/故园啊,我们返乡的喜悦。"(《保罗·策兰传》,P292)

选自《黯淡无光》
(*1991*,写于*1966*)

想都没想

想都没想,
对着蒙昧者,
大烛台向下
向着我们,燃烧。

多枝的火焰
现在奔向它的铁,辨别
哪儿传来的?贴近人皮的,一阵
嘶嘶声,

发现了,
不见了,

突然
几分钟,阅读
微微发光的
重要
命令。

放弃光明后

放弃光明后：
明亮源自信使，源自
发出回声的白昼。

开花的欢乐消息，
声音越来越尖，
钻进流血的耳朵。

被迫从高空钢索下来

被迫从高空钢索
下来,你从如此
多的礼物中估定
打算变现者的价值,

面色苍白
的那位跌倒在我们身上,

安装荧光指针,荧光
数目字,

立刻,你认出的黑暗
像人一样
将自己嵌

入所有顽固
不化,不合时宜的
游戏。

众人头上

众人头上
用力举起
在它被命名之地燃烧的
梦一般强烈的符号。

现在：
挥动烟叶，
直到天国
冒烟。

你愿意抛出

你愿意抛出
那刻了
字的锚石?

此地没有任何东西占有我,

活人的夜晚不行,
野蛮人的夜晚不行,
聪明人的夜晚不行,

来,让我们推开
放纵者帐篷前的门槛石。

石头，令人生疑

石头，令人生疑，
灰绿，任人
责难。

卖不出去的残月
照亮
小小的客观世界：

你也曾是
那样。

消失的记忆中
竖着专横的蜡烛
怂恿暴力。

黯淡无光

在钥匙的
控制下黯淡无光。
现在是对抗
人世刹那的
粉笔印画出的
獠牙统治。

将荒野填入眼睛的口袋

将荒野填入眼睛的口袋[1],
献祭的召唤,盐之洪水。

与我一同去往呼吸
去往更远。

1　Augensäcke(the eye-bag),策兰自造的词。

未分裂者侵入

未分裂者
侵入你的语言,
装了玻璃的夜,

更强了,魔咒。

源自冲击这生命
的高高的陌生的
涨
潮。

饱受蹂躏者

饱受蹂躏者,包
括我们,仍在
行进:

未毁
灭者
不可侵夺的
反抗的
怨气。

空虚的中心

我们帮着歌唱的空虚的中心,
明亮,向着天空站立,

它放过那些发酵的,没发酵的大面包,

因为红,因为**他人**,因为紧追
你的一个个问题,变暗,

已经太久。

勿灭绝

勿灭绝——像你以前,
我以前的其他人那样,

发芽的雨水降落后,
拥抱后,
家,
在我们上方展开,
而石头飞
快变大,

那烛台,巨大,孤单,
沉下去与它连接
看出
当斑岩器皿
砸开,里边
是怎样住满了
隐匿之物,必然

得知

如今睁开的眼睛在哪里,

在早晨,在正午,在黄昏,在深夜。

选自《强制光》

(*1970*)

零零星星听到，看到的事情

零零星星听到，看到的事情，一千零一夜的监禁，

夜以继日
狗熊波尔卡：

你正接受再教育，

他们会让你折回，变成
他。

夜骑在他头上

夜骑在他头上,他已清醒,
孤儿的束腰外衣是他的旗,

不再走歪路,
夜骑在他头上一刻不停——

就,就好像橙子挂在水蜡树上,
好像这样的被骑完全没有罪证
除了他
带有
最初胎记,和神
秘小斑点的
肌肤。

当你终于爬到跟前

当你终于爬到
跟前,我们已在灌木
丛林深处卧倒。
我们无法
让暗影暗到你那边:
这儿有
强制光。

在布朗库西工作室,我俩

如果当时这些石雕中的一件
打算泄露
对它的事守口如瓶的真相:
这儿,眼前,
就在这位老人的拐棍上,
它就会吐露秘密,像伤口一样,
你会被迫淹没在里边,
孤零零,
远离我已经,轮廓分明的
白色,尖叫。

托特瑙山

山金车,小米草,井中
汲出的水,水井上方
镶嵌的星星熄灭,

小屋
里,

登记簿上
——谁的名字抢了我的先
收在里边?——,
写在登记簿上
关于一份期盼
的那行,今天,
盼着一位思想者
即将
莅临
心中的话语,

林中草地,高低不平,

兰花和兰花,各开各的,

后来,拼命走,粗鲁,
显然,

逼得我们筋疲力尽,这个人,
暗自听着,

高沼
地上几乎
是踏出的伐木小径,

太
湿。

敲

敲掉
光的楔子：

漂浮的字
黄昏的字。

现在

现在,跪垫燃烧
我吞吃经书
连同所有与它相关的
象征物。

给一位亚洲兄弟

自我美化的
枪炮
升入天空,

十架
轰炸机张开,

一阵急射的火花,
像和平一样确凿无疑,

一捧夹生
的米饭依旧是你真朋友。

你就这样

你就这样在我身上慢慢离去：

直到最后
筋疲力尽
呼吸困难
仍在坚持，用
生命的
一个碎片。

漂流的字之间的网

漂流的字之间的网

它们的世俗花环——
一个小池塘,

光束背后的
灰鱼骨
意味深长。

可亲近的

可亲近的
是那独
翅乌鸫,它在燃烧的
城墙上方翱翔,在巴黎
后边,凭借诗歌
抵达
那儿。

海格特[1]

天使从屋里走过——:
你，挨着那本没打开的书，
再次
宣告我无罪。

石楠两度找到食物。
两度凋谢。

[1] Highgate Cemetery，海格特公墓，位于英国伦敦北郊。

我还能看见你

我还能看见你：你是能用
带触角的字去探索的
回声，在告别的
屋脊上。

你满脸惊恐
当蓦然间
我心中亮起灯盏般的
光明，就在那地方——
有人无比痛苦地说，绝不。

永恒

永恒落在
他脸上又
离去,

一场战火缓缓扑灭
所有的蜡烛。

不属于此地的,一种绿,
覆盖了孤儿们
埋了又埋的
石头
下巴。

不再有半木

这儿,顶峰坡地,
不再有半木,
也没有
爱用口语的
百里香。

边境的雪和
它那打探标桩
和路标阴影
的气味,
宣布它们
已死。

走进暗夜

同谋者,走进暗夜,
一颗星—
满是虫洞的叶子
给一张嘴:

某物活着
只为任性地虚度光阴,
向着树。

谁跑到你这边?

谁跑到你这边?
模样像云雀的
休耕地上的石头。
无声无息,唯有临终时刻的光帮着
一同承受。

高地
将自己卷走
仍然比你
猛烈。

满载倒影

满载倒影,连同
天上的甲虫,
在山体内。

你还
欠我一死,我
把这事
办了。

搜集者

暗夜里,
灯塔搜集者,
你的包满了,
引路的光束在你指尖上,
对他来说,是它
让字兽
登陆。

灯塔
匠。

有一次

有一次,死神遇袭,
你在我身上避难。

成堆的短柄小斧

我们头上成堆的
短柄小斧,

与低地
阔口斧对话——

你,岛上草地,
你自己
希望
渺茫。

预知

窗帘后边,预知
两次流血,

分享的知识
珍珠纷纷脱落

在你身上最让我销魂的地方

在你身上最让我销魂的地方,
你变成理念,

有个东西
飞速穿过你和我:
人世最后
翅膀的
第一次,

我的毛皮
覆盖我
暴风骤雨的
嘴,

你
没有
想起
来。

沉下去

从我臂弯
沉下去,

摸到一
脉搏跳动,

将你自己藏在里边,
在外边。

被人用刺棒驱赶

被人用刺棒驱赶
到疯路上,那家伙念念有词:
疥癣皮屑。皮屑疥癣。

哦总有一天,叉开腿睡大觉。

铁饼

铁饼,
用预兆的星号装饰,

将你从你

投出去。

冲出光柱

冲出

光柱:

薄暮

字漂浮。

避开

避开
你提到的
口诵弥撒
的灰鹦鹉。

你听见下雨
心想,这次也
是上帝。

黑暗灾祸期间

在我发现的黑暗灾祸期间：

你仍然，为我活着，
在虹吸管里，
在
虹吸管里。

读那一字未著的

读那一字未著的
几页
信件，

上边银灰的链条，
假死的生理反射，
随后是三次银质
的摆动声。

你明白了：那跳跃
在你上方，永远。

去剪祷告之手

用眼睛之
剪刀
去剪
空中祷告
之手,
用你的吻
切除手指:

现在来一次夺去
你呼吸的折叠。

说话的群星自动散开时

说话的群星自动散开时那不可
或缺的,

你双手叶绿色的影子
去采集,

我欢快地咬掉
一块又一块
命运。

虚空的太空里

虚空的太空里
内脏缠绕
大脑
之花,
我将自己扔在石堆上,
他们逮住我
用我变成的东西
敲响一颗星球。

发洪水前

发洪水前
将你的海藻搜罗到一起,
摆放在
你身边。
你依然拥有已经
筑坝的广阔领地。

额头的白色碎片
越过边境去找你。

螳螂

螳螂,又在
你滑入其中的,
那个字的脖颈上——,

心向着
勇气漫游,
勇气向着
心。

奥兰宁大街1号[1]

马口铁在我手上发芽,
而我束手
无策:
我没心思用模子制作,
它没心思看懂我——

要是现在
奥西茨基[2]最后的
酒杯能找到,
我会让马口铁
向它学习,

大批朝圣者的
拐杖
会渗出沉默,比时光长久。

1 OranienstrassⅠ,德国柏林著名街道之一。

2 Carl Von Ossietzky(1889—1938),德国和平运动领袖,1935年诺贝尔和平奖得主。

驱逐之梦

拐弯抹角的车辙上,
驱逐之梦
肿胀,

一人两副面具,
深凹的眼中行星的
尘埃,

夜盲,昼盲,
人间盲,

你里边的罂粟壳
沉到某处,
让那颗
伙伴星无语,

漂浮的悲痛领土
记载别的幽灵,

全都对你有益,

铁石心肠[1]从狂热信徒中硬挤过去,
一点都不
冷静,

全都对你有益,

你快速走过,怒火中烧,慢慢消失,

密密麻麻的眼睛熬过绝境,
凝结的血块掉进车辙,
无边无际的土地鼓舞你,

宇宙间全都是收获的
天气。

---

1 原文为Herzstein,K.Washburn和M.Guillemin直译为heartstone。

没有谁的手

没有谁的手支持我，我生来像你，
没有谁给我好运，对你也是一样，
你像我一样，用小公牛的血净身，

而大多数人准备点燃眼泪，
从我们肚脐眼
闯入世界，

而靠近我们的，孤零零，
变成巨大手写体音节的一部分，

成袋的杏仁种子
怒吼
开花。

洪水下边

他们在洪水下边
飞跑，跑过
竖起的牺牲者
黑墓碑，

起落架通道里
悲伤
无止尽涌向土地，

渴望的斜坡上
醉醺醺浮想联翩的抄写员们，

颅骨的战场上，未来判决
的
银质碎片，

幻影的烟道
话语烟雾骤然弥漫，

每一根缆索上
自燃的花朵,

乘着尚未
崩溃的巨轮,
撒旦,你的幽灵,
深深地蚀刻。

癫狂行走者的眼睛

癫狂行走者的眼睛:其他人
的目光全都涌进你。

唯一的
洪水
猛涨。

很快你让岩石
一览无余,岩石上
他们已违背
自己的意愿
造好了房子。

嫩叶之痛

嫩叶之痛,
雪下在上边,雪盖住:

历书空白处
新生的
空无
摇他,摇他。

淹没

水井
般
淹没在着魔状态,
上方还有加倍
着迷的白日梦,

方石
堵
住每一口气:

我离开你的那间卧室,蜷缩着
为留下你,

心支配
那在分裂的前方
渐渐迷住我们的
严寒,

在瓮棺墓地你将

不再是鲜花

而我,手稿持有者,将

不再是从圆材和泥屋中

救出的矿石,不再是

神。

有气无力的声音

有气无力的声音,自渊深处
向外怒斥:
非字,非物,
两者都是独一无二的名字,

填满你,为了坠落,
填满你,为了飞翔,

一个世界的
疼痛收获。

阻塞的明天

阻塞的明天，
我想方设法咬进你，我的沉默依偎着你，

我们仅仅是，
发出声音，

不复存在的
永恒语调轻柔地飘走，
从头到尾呱呱呱
直到现在的
昨天，

我们飞快地走，

那么多
发出声音的最后的碗
接纳我们：

高举的心在

太空

里里外外

慢慢走，

深切感觉到地球

之轴。

金钱撒入

金钱撒入我眼睛:
你不再
活在它们中,

省着点儿,
墓畔的
附属礼品,省着点儿,

你照看的一列列墓碑
到处走

用它们的梦
放牧贬值的货币,
我颧骨
上的鳞片[1],

在这
伟大的
岔路口预卜

你自己搞到

三倍,九倍的钱。

1　原文为 schuppe,意为"鳞片""头皮屑"等。

闰世纪

闰世纪,闰
秒,闰
生,正是十一月,闰
死,

堆在蜂窝状马槽里,
"微不足道的
零星杂物",

来自柏林的大烛台诗篇,

(不受庇护,无
档案,无
福利?还
活着?),

用最新的字读出一个个站台,

保存天上

的火点,

搜索炮火下幸存的诗篇,

感觉,严寒
的芯棒,

有血红
蛋白的冰冷的出发。

你就是你

你就是你,永远是。

兴起耶路撒冷
自己起来[1]

正是这位斩断与你的联结,

兴起
发光[2]

又凭着追忆,为你再续联结,

塔楼里,我喝溢出的泥汤,

镶黑边的,话,

Kumi
Ori[3]。

1、2　第2—3行和第5—6行原文为中古德语,引自中世纪德国神学大师埃克哈特(约1260—1327或1328)讲道集。埃克哈特布道时通常先念一段拉丁文圣经,再用德语讲述经文。策兰从1944年开始熟悉中古高地德语,1967年开始研究埃克哈特,这位神学大师的一份布道词引起了他的注意,那是从《以赛亚书》第60章第1节里抽出的一段拉丁文红字标题:Surge, illuminare, iherusalem。这位布道者的中古德语版原封不动用进了这首诗(《保罗·策兰传》,P301)。参见《以赛亚书》60:1,"兴起,发光!因为你的光已经来到……"

3　Kumi和Ori是中古高地德语"兴起,发光"的希伯来文转写。

选自《雪域》
(1971)

你躺在[1]

你躺在无边的倾听里,

被灌木裹住,被雪花覆盖。

你:去向施普雷[2],去向哈弗尔[3],
去向屠夫的铁钩,
去向瑞典出产的
红色苹果树枝条——

摆满礼品的桌子到了,
绕着一个伊甸园转弯——

男的打成筛子,女的
必须漂浮,那婊子,
为她自己,谁都不为,为所有人——

战备运河不会汹涌奔流。
什么都没
　　　　停下。

1　1967年冬，策兰趁着去柏林旅行，参观了罗莎·卢森堡和卡尔·李卜克内西遇害的地点。卢森堡和李卜克内西被捕后关押在伊甸园旅馆。行刑时，李卜克内西身中多枪。卢森堡殒命后被凶手扔进附近的战备运河。

2　Spree，施普雷河，德国哈弗尔河支流。

3　Havel，哈弗尔河，位于德国东北部。

掘井人

风中掘井人：

有人会在小酒馆里拉中提琴，在打烊那天，
有人会喊着"**够了**"拿大顶，
有人会双腿交缠吊在门框上，紧挨着绞盘。

今年
没有从头咆哮到尾，
它猛地扔回十二月，十一月，
它翻它伤口的土，
它向你敞开，年轻的
十二
张嘴
的，坟井。

这打碎的年份

这和它幻想面包
的碎屑一同
打碎的年份。

从我
嘴里喝吧。

嘴脸模糊

这嘴脸
模糊的世界。万物都是双重。

钟声为分裂的
时辰辩护,
刺耳的轰鸣。

你,沉重地
走进你最深处,
永远从你自己
爬出来。

我听见斧头开花了

我听见斧头开花了,
我听说那地方不可直呼其名,

我听说看着他的那块面包
治愈了绞死的人,
他妻子为他烤的面包,

我听说他们把生命叫作
我们唯一的避难所。

发出田鼠的声音

你向我吱吱叫,发出
田鼠的声音,

锋利的
钳子,
你咬破我衬衫直咬到我身上的肉,

一块布,
你从我嘴上滑过
途经我跟你说的
那些话,幽灵,
为了珍视你。

将靠记忆结结巴巴说出的尘世

在那个将靠记忆结结巴巴说出的
尘世
我会一直是一名过客,一个墙上
出汗滴下的名字
一个被吞噬的伤口。

一月进

一月进
入荆棘压住的
岩石深处。(醉醺醺
说这儿是
巴黎。)

我肩膀上打了霜；
沉默的
碎石猫头鹰们栖息在上边；
那些字母夹在我脚趾间；
肯定。

一片树叶

一片树叶,无枝可栖
留给贝托尔特·布莱希特:

什么时代!
一次对话
几乎算犯罪
就因为包含了
太多说过的事情?

披着蜥蜴皮

披着蜥蜴
皮,患了癫痫,
我安顿你上床,在
窗台上,
那些
墙洞
以光的肥料埋葬我们。

雪的声音

起风时,雪的声音,直立,
一直这样,在
那些
永远无窗的棚屋面前:

乏味的梦喊叫
在
有涟漪的冰上;

劈开
字的阴影,把它们堆在
城壕中的
铁镐周围。

粗心点

粗心点,悲痛,
别打她脸,
谋划好去得到
洁白**此外**
中的沙结。

木头脸

木头脸
煤渣爪
傻瓜踩着踏轮:

你眼睛盯着
自己的耳垂
跳过变绿
的那部分。

与死胡同谈起

与死胡同谈起
面对面的人,
谈起
流亡的
含义——:

用写字
的牙,嚼
这块面包。

有个东西像暗夜

有个东西像暗夜,说起话来
比昨天,
比明天,更刻薄;

有个东西像苦难
柜台那头
卖鱼妇的
问候。

有个东西在孩子们手里
同时刮走;

有个用我那子虚
乌有之原料做成的东西。

为何这陡峭的家

为何这陡峭的家，源自中间，在中间？
看，我能将我自己沉到冰冷的你里边，
你亲手杀害你兄弟：
比他们还要早
我懂你，雪中诞生的人。

把你的比喻
抛给其他人吧：
有人想知道，
为何我与上帝
和我与你并无分别，

有人
想在两本书，
而不是那些肺里淹死，

有人，将自己刺入你，
对着刺伤部位做人工呼吸，

有人，与你最亲近，
着了迷，

有人用你和他
自己的背叛装饰你的性，

也许
从前他们都是我

给埃里克

扩音器里
历史往下挖,

坦克在城郊爬像一堆毛毛虫,

我们的玻璃杯
自动倒满了蚕丝,

我们站立。

你长发的回声

你长发的回声
——我用它清洗墓石——,
落满白霜,
我是你
拆开的
前额的
见证人。

几乎被吞没的

几乎被吞没的三角旗
从海上吞吃全部的陆地,
从陆地吞吃全部的海洋,

另一个名字
——你,你醒来!——
必须忍受
再忍受,

你,从未被人当回事:
靠一种无价值
的标志
你赢了他们
所有人。

黄土中的蝶蛹

黄土中的蝶蛹:还没
立石头给它做标记,

只有没刮走的
蜗牛壳,
告诉沙漠:有东西
到你这儿住下了——:

野马
自吹
自擂:

彼特拉克
再次出现
在视线里。

石头的冰雹

石头的冰雹在甲虫后边。
我看到一个人,没躺下,
绝望中他飞快地站起来。

犹如你孤独的风暴
他用大步流星
的沉默做到了。

我的大步流星

我的大步流星测算你的背叛,
受困于生命
的每一根
枝干,

那些怪物
从你
的玻璃乳房
生下来,

我的石头压在你身上,
没打格子的自我,你心中
满是响尾
蛇,

连我最轻微的痛苦
你都操碎了心,

你变得可见,

某个亡灵,独自一人,
选择逆风而行。

选自《时光农庄》

(*1976*)

从下沉的鲸鱼额头

我从下沉的鲸鱼额头
辨认你——
你认出我,

天国
将自己猛地
掷入鱼叉,

六条腿
我们的星辰缩在泡沫里,

慢慢地
有人看见它升起
一丁点安慰:
浮肿的无。

葡萄园围墙被撞击

葡萄园围墙被砰砰响
的永恒撞击,
葡萄树
哗变,

脊髓也
咔嗒响,心神
不宁,在
更真的居所,

四海之间
五谷分裂,

沉进去。

飞驰

飞驰在
祖母绿小径上,

幼虫蜕皮,星辰脱角,我带上
全部的红赭石,
寻找虚幻的你。

在我夏日闪电般的

在我夏日闪电
般的膝盖前面
你从自己
眼睛上方滑过的手
停下,

一阵响声
从我在你我
身边画出的圆
获得确定性,

有时天空
还是死在
我们的陶
粒[1]前头。

1 原文为 Scherben,指黏土烧制、尚未上釉的陶质粒料。

慢慢走的植物

慢慢走的植物,你独自
发现一种说话方式,

被弃绝的紫菀
在此加入,

如果有人
击碎如今打算
唱给权贵的赞美歌
他和每个人的
失明
就会撤销。

别等到

别等到
我变成幽灵触摸你
你才信
我的话——

它们和刚刚感兴趣的东西
一起四处攀爬
爬到那儿
在时光农庄,

你向众天使中
次要使用者的主子,
和狂爱

无声群星的那副躯体
说清楚了。

所有酣睡的人影

所有你用语言的幽灵呈现的,
水晶般透明的
酣睡的人影,

我让我的
血向他们流淌,

那些人的行列,排成
我认识的细长
干线,我打算
藏起他们——,

我能看见,我的悲痛,
向你逃去。

你往我身上砸钱

你往正要淹死的
我身上砸钱:
也许一条鱼
能被收买。

依靠

依靠
不可靠的东西:

两根手指在地狱里
猛抓,一个
世界在赛马
简报上动,全靠
你。

你的钟表字盘

你覆盖着蓝色
火焰的钟表
字盘,
泄露了几点几分,

我的
血统
看了很久,它进入
你,变得
紧密的
水晶
在哭。

我为你领路

紧随世界,我为你领路,
你了解自己,毫不畏缩,
安详的
椋鸟俯瞰死亡,
芦苇比画着警告石头,为今夜
你已做好
所有准备。

小小的夜

小小的夜：你
在里边带着我，将我举到
那儿，
离地痛苦的
三英寸：

所有的砂砾裹尸布，
所有的命中注定者，
一切还在
喋喋
不休大开玩笑——

我虚度了

我虚度了夜晚,
我们赢得
这儿
所有的四分五裂者,

你的黑暗也
装进
我那裂为两半的,流浪的
眼睛,

它也想从每个
方向听到——
那不容置疑的,每一次
日食的回声。

我的灵魂

我的
灵魂,向你俯身
听你
大发雷霆,

在你喉咙的深渊里
我的星星学会下沉
趋于真,

我再次将它拔出——
来吧,用它变戏法,
就在这一天。

神似杏仁[1]

神似杏仁，你欲言又止，
依然浑身战栗，
我
让你等，
你。

而眼睛
尚未
被劫掠，
尚未在原初之歌
的王国强加荆棘：
Hachnissini[2]。

1　1952年，策兰在《数杏仁》里开始使用"杏仁"这个词。此后，在策兰的诗歌里，这种椭圆、眼状、或甜或苦的果实，一直用来作为犹太人的标志，或用来代表他母亲。

2　希伯来语，意为"收留我吧"。这是希伯来语中针对单数阴性的"你"发出的一个祈使句。1905年有过一首非常流行的抒情诗，作者是第一位现代犹太诗人凯姆·纳什曼·比亚利克（1873—1934），诗的标题是"Hachnissini tachat knafech"，诗中写道：

> 收留我到你翼下吧，
> 做我的母亲和姐妹，
> 以你的乳房护住我的头，
> 鸟巢般接纳我倾吐的祷告。

（《保罗·策兰传》，P316。所引比亚利克诗句略有改动。）

站立

站立
无花果的一粒碎片在你嘴唇上,

站立
四面环抱我们的耶路撒冷,

站立
松树发光的香气
在我们心怀感激的丹麦小艇上方,

我站立
在你里边。

我们，像喜沙草那么真

我们，像喜沙草那么真
在涅维·阿维维姆[1]，

无人亲吻的
悲痛的石头
在应验中
动弹，

它摸我们的嘴，
它转身
向着我们，

它的白与我们
结为一体，

我们传递我们自己：
给你又给我，

提防着，暗夜，强迫

征用的沙,

对我们两个

格外小心。

1　Newe Awiwim,希伯来语意为"春之居",以色列行政首都特拉维夫以北海边小镇。1969年9月30日至10月17日,策兰应以色列作家协会之邀访问以色列,曾在这座小镇停留。

一枚戒指,为刻蝴蝶结

一枚戒指,为刻蝴蝶结,
千言万语后寄出,
它与椋鸟一起
跟在世界后边猛冲,

那时,像一枚箭,你向我呼啸而至,
我知道,从哪儿来,

我忘了,从哪儿来。

来吧

来吧,用你自己覆盖世界,
来吧,让我倾我之所有
完全藏起你,

我与你连为一体,
为了获得我们,

就在此刻。

暑气

押沙龙
之陵,一头驴的
嘶叫声中暑气
将我们算在一起,这儿也一样,

那边,客西马尼[1],
四处巡行,
制服了谁?

在最近的那道门[2]什么都没出现,

经由你,**显现者**,我将你带给我。

---

1 Gethsemane,《新约》地名,因橄榄可榨油而得名。在耶路撒冷东面的汲沦溪旁,离橄榄山不远。据载,耶稣常到此园隐居休息。后来在这里被犹大出卖。
2 据说弥赛亚进入了靠近押沙龙陵的怜悯之门。

那闪光

那闪光,对啊,就是阿卜杜尔
看见它
向我们疾驰的闪光,那时我们
为活下去,让彼此沦为孤儿,
我们的手紧抓住根——:

圣殿深处,浮起
一个金色浮标,
标出那仍在我们
下边的危险。

羊角号深藏在

羊角号[1]深藏在
闪光的
洼地
在火炬的高度,
在时间的洞中:

用你的嘴
偷听你的路。

1 shofar,犹太教徒礼拜时使用。

极地

极地
就在我们里边,
我们意识到
但难以制服,
我们睡过去,直到**怜悯**
之门,

我为你失去你,那
是我洁白的安慰,

说耶路撒冷还在,

就这么说,仿佛我曾经是这个,
你的白,
仿佛你曾经是
我的,

仿佛没有我们我们也可以是我们,

我打开你的叶片,永远,

你祷告,你让我们
得自由。

国王的路

假门后边国王的路,

前方,因为那
暗号,那狮子招牌,
已是死路一条,

星辰,倾覆,
坠入沼泽,

你,用你的
睫毛
探测创伤的深度。

我喝酒

我用两个杯子喝酒
从头到尾梳理
国王诗行中的停顿
犹如那位
梳理品达,

上帝敲音叉
犹如次要正义
者中的一位,

我们的铜钱扔进
彩票抽签筒里。

会有个家伙

以后,会有个家伙,
用你填饱肚子
将自己举到
一张嘴那儿

我从碎裂的
疯癫中
起身
看着我的手,
当它草绘那
独一无二的
圆

虚空

虚空,就因为
我们的名字
——他们把我们集中到一起——
打上印记,

末日相信我们是
起源,

在那些
以沉默
环绕尚未分裂的我们
的大师面前,证实了
一道冻僵
的光。

种子

光芒环抱的种子,
我在你体内游,
抵达光,

那些名字
顺风划行——它们
驶过海峡,

前方,一次祝福,
由于
感觉到坏天气
缩进一只拳头。

重新安置

重新安置于活命之物中：
走向你自己，在地球
反照下落不明
的地方，加入

我听说从前我们是
天上一颗流星，
留待日后显露，从
上方，顺着
我们的根，

两个太阳啊，你听说吗，
两个，
不是一个——
那又怎样？

拇指

众神拇指
向下,我穿着树皮布
衬衫
对最低处的旋木雀着了迷,很快
就是今天,永远,这
些斑点,这
一窝光,
越过
反物质,向着你
翩翩起舞,
在彗星的
温床里。

藏红花

藏红花，从好客的
餐桌上看见：
摸得到的标志
一种共有
真理的小小
流亡，
你需要
每一根花茎。

种葡萄的人

种葡萄的人在挖
黑暗时辰的钟
越挖越深,

你察觉出,

不可见者
命令所有的风
不得越境,

你察觉出,

显现者们眼睛
后边藏着石头,
它在安息日
那天认出你。

译后记

2012年,我的三首短诗和策兰那首大名鼎鼎的《死亡赋格》英文版一同发表在美国加州大学英语系《Arroyo文学评论》杂志春季号的"翻译"版块——这期只有我们两个外国诗人。我知道这只是一次巧合,没有任何命定的意味。只能说,得益于我的三位译者——叶春、Melissa Tuckey和Fiona Sze-Lorrain出色的翻译,《Arroyo文学评论》抬举了我一回,让我做梦般和我热爱的这位诗人邂逅。

实际上这也是两位策兰译者的一次邂逅:早在2003年我就初译了一百三十多首策兰诗歌,而这期《Arroyo文学评论》上《死亡赋格》的英译者恰恰是约翰·费尔斯蒂纳(John Felstiner),英语世界著名的策兰诗文译者和策兰传记作者,我的这部《策兰诗选》最需感谢的人就是他——一些作品转译自他的英译或借助他的英译解决了疑难,而他的《保罗·策兰传》(李尼译)更是我翻译过程中一部重要的参考书,也可以说是一根重要的拐杖。

精神上我似乎可与策兰息息相通绝无窒碍——他倾注大量心血翻译的诗人恰好都是我所热爱的——从叶赛宁、曼德尔施塔姆到阿波利奈尔和勒内·夏尔,他引为精神上的兄弟的曼德尔施塔姆更是我经常想起的诗人——巧合的是，策兰是德语世界第一位曼德尔施塔姆诗选译者，我是中文世界第一部较全面的曼德尔施塔姆诗选译者（第一部曼德尔施塔姆诗选中文译者是智量先生，遗憾的是他翻译得太少），尽管那部译诗集我一直不满意，但曼德尔施塔姆的声音在策兰那儿有着怎样的回响，我已经能直觉到，也能找到部分直接的凭证。但这绝不意味着我在翻译策兰时会有什么优势。实际上没有谁敢说自己与策兰息息相通，可以绝对领会他诗中深藏的含义——那种既是声音的、又是空间的，既是历史的、又是当下的，既是政治的、又用卓绝诗艺摒除政治痕迹的，既有刹那的一口气、又蕴含广袤之永恒的，并且时常浮现出六边形大卫之星和意第绪语与希伯来语的伟大诗篇。

我能辨认出他诗歌中无处不在的沉默、结巴、吞吞吐吐以及反复出现的**灰/灰烬/骸骨**、**外邦人**、**烟**、**深渊/深坑/裂缝**和**站立**等字眼。对我来说形同哑谜的是在他画出的那个圆里的很多东西，那是外人难以进入难以了解的，对中国读者来说可能尤其难。阻碍我的，是我对于他深陷其中的犹太之根、犹太之母体的陌生，是反复出现的**杏仁**、**姐妹**、**字**、**名字**、**手**、**不/绝不**、**你**、**白**、**石头**、**沙**、**真**——背后是从圣经到《塔木德》，从卡巴拉到哈西德以及犹太人命运史或劫难史这样一条长河。尽管大二时我就试译过《雅歌》，但对于圣经的涉猎也就到此为止，没再往前推进，这不能不说是一个遗憾。实际上我读书时的南开中文系主任朱维之先生就是圣经文学专家，我的学年论文导师张镜潭先生是改革开放后最早出版的一部圣经故事集编译者之一。错过向前辈请教的机会，如今尝到入宝山空手归的苦味。之所以说费尔斯蒂纳的那部《保罗·策兰传》是我的一根拐杖，就因为绝大部分困扰我的问题，幸亏有他提前给出了答案，竖好了指路牌，才得以解决。

对犹太文化所知有限，对圣经了解不足，当然是障碍，但策兰诗歌那种对于犹太人命运的忧心如焚和满腔悲愤、那种对于犹太文化的绝对信念、那种即便碾为尘埃也不屈从的生命意志，还是能够突破迷障，扑面而来——如果翻译没有出现重要的纰漏和扭曲，没有在原本的隐晦上增加新的隐晦，没有在原本的曲折上添加新的无方向的曲折，策兰诗歌的内核毫无疑问可以立即被我们领会。二十世纪涌现了很多伟大或出色的犹太作家和诗人，卡夫卡、巴别尔、辛格、贝娄、罗斯、金斯堡，包括出生于英国崛起于美国的莱维托夫（她的家庭与哈西德教派相关）和不久前获得诺贝尔文学奖的格吕克，但像策兰这样终生为犹太人的命运揪心，终生抱持着犹太文化的种子不可毁灭的强力意志的作家和诗人，似乎较少见到。他是政治的，但不能因此说他是政治诗人，因为他是穿透苦难的创造者。他是热爱犹太民族的，但不能因此说他是民族诗人，因为他罕见地将"我与你"这一始于马丁·布伯（Martin Buber）的重要主题包含在自己的许多作品中——这个"你"既在根源性的犹太家族之内，又向着全世界敞开，正如费尔斯蒂纳所说，"策兰的抒情诗要寻找'一个可称呼的'您'：诗人自己、他母亲、妻子、儿子、情人或朋友、死去的犹太人、犹太人的神、奥西普·曼德尔施塔姆、奈莉·萨克斯、伦勃朗、罗莎·卢森堡、斯宾诺莎、圣方济各、以斯帖女王、布拉格的利奥拉比、李尔王、一棵树或一块石头、一个字、道、希伯来字母 beth、巴别塔……"。在策兰三十多年的诗歌作品中，词语 du（你）总共出现约 1300 次。

考虑到二十世纪未来主义、达达主义、立体主义和超现实主义的革命性突破，策兰在作品中设置的难度并不令人意外，在他那儿属于家常便饭的词语自造，在前卫艺术家那儿早已成为日常语言。但在文学中，这样一种罕见的挑衅必然会让译者和读者大吃苦头。英译者绞尽脑汁，各显神通，完成他们对种种"路障"的跨越。在策兰刻意突出希伯来和意第绪的声音因而完全不可译的时候，他们通常选择保留原文、用注释解决读者追问的方案。

策兰诗歌在汉语中较完美的呈现，与曼德尔施塔姆一样，注定是一条漫长的道路。2021年1月28日，基本定稿的那天，我在朋友圈里说，"竣工了，战战兢兢，交作业"。热爱策兰的读者太多，对文字、声音和色彩都很敏感的读者太多，可能没有哪位译者敢指着自己的译文拍胸脯说"这才是策兰"。

《我听见斧头开花了：保罗·策兰诗选》共收录策兰各时期作品273首，译自以下四部英文版策兰诗选：

Paul Celan: Selected Poems, tr. Michael Hamburger, Penguin Books, 1996

Selected Poems and Prose of Paul Celan, tr. John Felstiner, W.W.Norton, 2001

Paul Celan: Last Poems, tr. Katharine Washburn and Margret Guillemin, North Point Press, 1986

Corona:Selected Poems of Paul Celan, tr. Susan H. Gillespie, Station Hill, 2013

绝大部分作品按策兰每部诗集出版年份排序，唯一例外是按英译者 Susan H. Gillespie 的处理，将《黯淡无光》放在《线太阳》和《强制光》之间。Susan H. Gillespie 在她的策兰诗选英译本译序中说，策兰死后二十年出版的诗集《黯淡无光》（1991）包含了曾经出现在1968年出版的一部多人合集中的一些诗歌，和策兰死后发现的创作于1966年2月至5月（当时他正在完成诗集《线太阳》的最后篇章）、标题为"黯淡无光"的一组诗歌中的作品。

定稿的最后一刻，那个一直困扰我的问题似乎解决了：《死亡赋格》中重复四次的那句——"死神是一位来自德意志的大师"。已经发布的多种汉译，都将德文的 Meister 或英文的 master 译为"大师"。我最初也译为"大师",但心里嘀咕了不止一次:"会不会是师傅的意思呢?"我想起王蒙在某次讲座中或某篇文章里提到(大意):哪有那么多大师,更多的只是做拉条子烤包子的大师傅啊!被这份隐忧折磨着,我在最后一刻不抱希望地打开那本只读过几章的《阿多诺:一部政治传记》,在第249页,赫然看到救命的这一段:

> ……但在《死亡赋格曲》和它几乎不能忍受的紧张中,在语言那沉重的节奏和所发生的极度可怕的事情之间的紧张中,他才直接提到集中营里和焚尸炉那个世界。"死亡是来自德国的师傅"这行字出了名,是的,它有着深刻的寓意。这一说法触及到了德国人最敏感、最痛苦的地方:触及到了他们特有的职业道德、高质量的产品、"价值工作"、高超的技能、工匠歌手和乐于助人的忠实师傅——如果用一个词来概括德国人的自我意识,那么或许是"师傅"这个词,现在,由于诗人的权威性,成了为屠杀承担责任的词,并永远染上了这个污点。

这应该是比"大师"更有说服力的阐释。想想德国制造,想想德国引为骄傲的对于每个人几乎延续终身的技能培训和再教育，想想德国出品的克虏伯、钟表、啤酒、奔驰汽车乃至厨具，想想二战浩劫后德国短时间内有如神助的经济奇迹，这一切都离不开手艺高超的"德国师傅"，大规模清除欧洲土地上的犹太人，包括最后一道工序焚尸炉的操作，最需要的恰恰是"师傅"（熟练工种）而不是什么"大师"。

最后一刻之后的最后一刻，我决定将策兰1963年那部诗集的名字改为"从未存在者的玫瑰"。之前我将英译的"the no one"译为"不可活者"，听上去更像一种命名，最后还是觉得这一想法应当搁置。盯着德语原文的那个"nie"看了很久，决定改为较稳妥的"从未存在者"。

之所以顽固地将white与true译为单音节的"白"与"真"，是因为我担心用"洁白、雪白、白色"与"真实、真挚、真诚"，不足以涵盖白与真，有可能偏离策兰本意。这个本意应该非常古老。之所以顽固地将几乎所有的word译为单音节的"字"，是因为"词"和"词语"总给我这样一种感觉：尽管"词语"是早已取得合法地位的外来语并且我也会在很多时候毫不犹豫地使用，但具体到策兰诗歌的汉译，"词语"二字总有一丝移植后遭本体排异的意味，而单音节"词"尽管一直就是汉语词汇，但有时，甚至经常，我就是觉得它受了"词语"的牵累，带有外来语的味道，不如单音的"字"来得质朴有力。

感谢诗人凌越,没有他的推荐,这部译诗集目前还是躺在抽屉里的一堆"初译"。感谢方雨辰女士,她主持的"雅众"是海峡两岸优质品牌之一,完全当得起"小而美"的赞誉。感谢本书特约编辑王文洁的细致工作。感谢在欧洲工作多年、精通法语和德语的郭晋,她帮我解决了最后几处疑难问题。

不少注释参照了《保罗·策兰传》(江苏人民出版社,2009)并在多个注释中节录了该书的文字,部分注释参照或采用了《策兰诗选》(华东师范大学出版社,2010)中的注释,这里谨向译者李尼和孟明致谢。《保罗·策兰传》的作者 John Felstiner 李尼音译为约翰·费尔斯坦纳,本书根据目前更多人采用的音译改为约翰·费尔斯蒂纳。

杨子
2021.2.11 凌晨

参考书:
《保罗·策兰传》([美]约翰·费尔斯坦纳,李尼译,江苏人民出版社,2009)
《阿多诺:一部政治传记》([德]洛伦茨·耶格尔,陈晓春译,上海人民出版社,2007)
《圣经百科辞典》(梁工主编,辽宁人民出版社,2018)
《保罗·策兰诗选》(孟明译,华东师范大学出版社,2010)

战后欧洲最重要诗人
保罗·策兰生平

1920　　11月23日，原名保罗·安切尔（Paul Antschel）的保罗·策兰（Paul Celan）出生于切尔诺维兹（Czernowitz）一个"家里只说标准德语"的犹太家庭。10万居民中犹太人多达一半的切尔诺维兹位于奥斯曼帝国东端，是乌克兰语、罗马尼亚语、德语、意第绪语以及其他语言和方言混杂的布科维纳（Bukovina）地区的首府。策兰自称"哈布斯堡王朝遗腹子"，但哈布斯堡王朝已在1918年覆灭，布科维纳也在该王朝灭亡当年划归罗马尼亚。策兰祖上是犹太教信徒，祖父是讲经的拉比，外曾祖父是虔诚的哈西德派，曾徒步去巴勒斯坦萨费德朝圣。父亲强调儿子的犹太传统教育，认定"德语更重要"的母亲却督促儿子掌握文雅纯正的德语。父亲在他的诗歌中几乎缺席，母亲在他的诗行中以高贵悲悯的形象获得永生——"我那安静的妈妈为所有人哭"。

1927　　6岁时从一所德语小学转到一所希伯来语小

学。这所学校早期鼓励犹太人融入奥地利—日耳曼文化，后来又强调意第绪文化。从 1927 年到 1930 年，在这所大力推行犹太复国主义和希伯来语教育的学校度过三年时光。

1938 高中毕业后前往法国图尔读医学预科，乘坐的那趟火车正好在对犹太人疯狂施暴的"水晶之夜"途经柏林。德苏签订互不侵犯条约后，罗马尼亚被迫将布科维纳北部割让给苏联。

1940 6 月，苏军占领切尔诺维兹。

1941 6 月，希特勒撕毁苏德互不侵犯条约，进攻苏联领土。罗马尼亚加入轴心国，该国军队和警察协助德国人摧毁已在切尔诺维兹生活六百年的犹太人的故园：烧毁犹太会堂、强制佩戴黄色徽章、将犹太人驱逐到犹太聚居区，很快又将他们驱逐出境。

1942 秋天，父亲在纳粹集中营里死于斑疹伤寒。几个月后，母亲因不适合劳动遭纳粹枪决。强制劳动的 18 个月中创作的诗歌共有 75 首保存下来。父母的死亡和自己的幸存是策兰晚年内心最大的创痛。

1944 年初,离开强制劳动营回到切尔诺维兹,在战争即将结束、犹太人的灾难渐渐被揭露的几个月里,写出《死亡赋格》初稿。

1945 4月,离开切尔诺维兹前往布加勒斯特,在翻译俄国文学作品的同时创作了诗集《罂粟和记忆》中的一些作品,包括《荒野之歌》和向母亲致敬的《白杨树》。

1947 5月,《死亡赋格》罗马尼亚语版以"死亡探戈"为标题发表在布加勒斯特杂志《现时代》上。译者彼特·所罗门在编者按里说:"我们发表的这首翻译诗,是在重现事实基础上创作的。在卢布林,就像在无数其他'纳粹死亡营'里一样,一组被判决的人被强迫唱一些怀旧歌曲,而其他的人则在旁边挖坟。"年底,罗马尼亚政府开始逮捕和枪毙逃亡者。策兰成为这一年逃到维也纳的四万名罗马尼亚犹太人中的一员。

在维也纳,与奥地利女诗人英格堡·巴赫曼的友谊对他来说至关重要,这段时间大部分诗歌是写给她的。当时巴赫曼正在写关于海德格尔的博士论文,但对这位哲学家持敌对态度。由于巴赫曼的抵触,几年后策兰才开始研究海德格尔著作。

在巴赫曼1971年的小说《马琳娜》中，策兰化身为一名陌生人与一位公主邂逅。公主问："你一定要回到你的族人身边去吗？"陌生人的回答是，"我的民族比世界上任何民族的历史更悠久，这个民族已经播撒在风中"。

1948 局势突变，维也纳开始清除犹太人。7月前往巴黎（此后一直在巴黎读书、教书、翻译、用德语写作）。在写给以色列亲戚的信中说，"有些人必须在欧洲把犹太精神的命运活到终点，也许我就是这样做的最后一批人之一"。但在巴黎最初的岁月里，在朋友和熟人面前，几乎不提自己的犹太人身份。这一年三次发表《白杨树》这首诗。

1948年至1952年期间，在巴黎"以工人、口译者和翻译的不同身份挣扎"，同时在巴黎高等师范学校学习德国文学，每年只能写七八首可发表的诗歌。

1950 结识表现主义诗人伊凡·哥尔。伊凡·哥尔委托策兰将他的法语诗歌译为德语。伊凡·哥尔病重时，策兰安排自己的朋友克劳斯·德穆斯为他献血。2月，伊凡·哥尔去世。策兰很快翻译了三部伊凡·哥尔诗集，却没能出版。据伊凡妻子克莱尔事后透露，原因是

那些诗带有明显的"保罗·策兰印迹"。

1952 圣诞节前,与出身于法国贵族家庭的版画艺术家吉赛拉结婚。

翻译美国诗人玛丽安·摩尔和法国诗人阿波利奈尔的诗歌。阿波利奈尔是策兰敬重的诗人。

12月,斯图加特一位出版商出版了收录1944—1952年作品(包括《死亡赋格》和《数杏仁》)的诗集《罂粟和记忆》。很快就收到西德多个城市举办朗诵会的邀请。但有关这部诗集的评论让他大失所望,对《死亡赋格》不着边际的解读让他悲愤灰心。雪上加霜的是,克莱尔·哥尔给德国各大出版机构以及作家和评论家发去公开信,指责策兰这部诗集对她丈夫1951年德语版诗集中"某些短语和形象极聪明的吸收和利用",列举了多处"类似段落"。到1956年,有关策兰抄袭的言论已散布到很广的范围,以致一位批评家公开称他为"抄袭大师"。策兰感到自己成了一场反犹运动的牺牲品,觉察到自己被当成目标,认为这一运动的发起者希望人们忘记大屠杀,并且要除掉任何想保存这一记忆的人。

从1952年到1954年,与海德格尔著作的相遇给他带来极大的冲击，詹姆斯·K.林恩认为，海德格尔后期全部著作，尤其是策兰1953年阅读的《歧路》，照亮了这位诗人。最终，策兰进入一场与海德格尔的或友好或拒斥的虚拟对话中，这场持续多年的虚拟对话为他诗学上的思考奠定了基础，并进入他的许多诗歌。拉古-拉巴特说"策兰的诗歌……在本质上，完全是一场和海德格尔思想的对话"。多年后告诉文学博士奥托·珀格勒，在这些年里，"海德格尔就是我的同道"。

1954 　　结识法国诗人勒内·夏尔。崇拜夏尔不仅仅因为他的诗歌，还因为他直接参加了抵抗运动。

1955 　　出版诗集《从门槛到门槛》。社会学家西奥多·阿多诺在可能没读过《死亡赋格》的情况下说了那句著名的刻薄话——"奥斯维辛之后再写抒情诗是野蛮的"。策兰将阿多诺当成"抄袭事件"鼓噪者的同谋，为此写下抗议的诗句——"……他们／要再一次把你／推到／屠刀／之前"。

1958 　　1月底，获自由汉萨市不来梅文学奖，在西

德度过一周。1月26日发表获奖演说,"我绕了一个很大的弯子才来到这片风景。……我就从这样一片风景向你们走来,……对于马丁·布伯用德语反复为我们宣讲过的哈西德寓言中的相当一部分人来说,这片风景就是他们的家园。我为大家勾勒出的这幅地貌,假如能把从遥远的过去飘向我眼前的某种东西添加其上,那就可以说,在这样一个地区,过去是有人类和书籍共存于此的"。这段话无疑是对纳粹灭绝行径的控诉。

不来梅演讲后,开始翻译奥西普·曼德尔施塔姆的作品,紧接着又开始创作最具难度的作品《密接和应》。俄苏白银时代诗人曼德尔施塔姆让他产生一种"手足之情"——"这个词,我指的是最令人肃然起敬的那重意思"。在给一位编辑的信中,说"曼德尔施塔姆离我的心最近"。

同样让他感到心灵上的亲近的,是犹太哲人的作品。1957—1958年间,开始阅读格尔斯霍姆·肖勒姆、马丁·布伯、弗兰茨·罗森茨维格等犹太思想家的著作。比先前更强烈地确认了自己的犹太身份,犹太经验在他的作品中打下更深的烙印,这一点在将要收入诗集《言语栅》的作品中表现得很清楚。开始在诗歌中直面纳粹大屠杀(早年有过《死亡赋格》等作品）。

将勒内·夏尔自抵抗运动以来的日记译为德语。

在给女诗人奈莉·萨克斯（1940年从德国逃亡至瑞典）的信中说，"在这些黑暗的日子里，总有无法解答的数不清的疑问。这种阴森无声的引而不发，甚至更阴森，更无声的反反复复，本以为一去不返，哪知又回头再三，困在窘境里，未来不能逃离，今天也无法逃离。"

1959　　3月，诗集《言语栅》出版。海德格尔询问奥托·珀格勒：这个"栅"（Grille）是监狱的铁栏，修道院门上既供交流又限制交流的格子，还是格子般的水晶结构？在其他场合，策兰暗示，这个词来自修道院的门格子。委托珀格勒回复海德格尔时却强调，只是一般的格子。也是在这一年，来自瑞士的年轻德语文学专家本哈德·博辛斯坦拜访海德格尔的时候，哲学家播放了一张最新发行的策兰朗诵自己诗歌的唱片。博辛斯坦将这件事告诉策兰后，策兰非常高兴。说明海德格尔与策兰是相互吸引，并非策兰单方面崇拜海德格尔。

奈莉·萨克斯给予《言语栅》极高评价，在

信中表达了真挚的情谊,"亲爱的保罗·策兰……在巴黎与斯德哥尔摩之间,连着一根悲伤的子午线,也连着一根欢乐的子午线"。批评家君特·布罗克尔却在策兰新诗集面世的时刻,大肆贬低《死亡赋格》和《密接和应》,说它们是"曲谱上的对位练习"。策兰在无证据情况下认定布罗克尔是前纳粹分子。他相信很多德国批评家、文学精英和知识分子从前的反犹经历,让他们对他怀着极度的恶意。

5月9日,在为他翻译的曼德尔施塔姆诗选所作的跋里说,"对1891年出生的奥西普·曼德尔施塔姆来说,一首诗就是通过语言感受和获得的东西,会围绕在这样一个核心的周围,因为其形式和真理就源自这核心,也就是说,围绕这个人确切的生存,这生存向他自己的年代和世界的年代发出挑战,包括他此刻的心跳和他此后的千秋万代……"

再次翻译阿波利奈尔的诗歌。1958年至1959年只写了少量的诗,更多精力用于翻译。除了阿波利奈尔,还将德斯诺斯、阿尔托、奈瓦尔、艾吕雅、马拉美、波德莱尔以及马维尔、狄金森的作品译为德语。

7月,去瑞士阿尔卑斯恩格达恩风景区锡尔斯-玛利亚村(尼采在这座村庄构思《查拉图斯特拉如是说》），计划在那儿与阿多诺会面，却提前返回巴黎，与阿多诺失之交臂。一个月后写出他唯一的散文体小说《山中会话》，内容是两个支支吾吾的犹太人的对话。10月22日，整天待在国家图书馆里，翻阅戈培尔1940—1944年间的周报《帝国》，搜寻那些在上边出现过、战后在德国文学界活跃的作家的名字。

生日那天购买有关马丁·布伯的书，在布伯的一些话下面做了标记，其中有这样一句："灵魂不在我之中，而在我与你之间。"《山中会话》涉及的就是"我与你"的对话："我之所以能够把话说给你听……是因为我在问你……我之所以能够言说，能够把话说完，并且全都说给你听……你听到我说的话了吗，你听到了。"

1960   年初，正准备有关曼德尔施塔姆的广播稿，突然，已经平息的"剽窃风波"死灰复燃。慕尼黑一家杂志刊登了克莱尔的一封信，编辑部用了"关于保罗·策兰一些鲜为人知的事"这样耸人听闻的标题。克莱尔在信中说早年见到策兰，夫妻俩被年轻诗人讲述的父母遭纳粹杀害的"悲惨传奇"感动，又说策兰的哥尔诗歌译文"草率笨拙"。

5月,在给一位编辑的信中说,"技艺——完全是巧手使然……唯有真手能写真诗……我们生活在黑暗天空下,人类差不多不存在了。也许正是这个原因,诗歌才这么少。"

多个文学团体驳斥了针对策兰的剽窃指控。

获德国语言文学院颁发的毕希纳文学奖,发表题为"子午线"的演讲。"子午线"一词是从萨克斯那儿知道的,用来指把那些思想上亲近的人联结在一起的精神上的相协调的地方。演讲词结尾处,"相遇"一词用了十次,指向某人,却没点名。詹姆斯·K.林恩说,批评家们证明,海德格尔并非这篇演讲唯一的言说对象,它直接间接地回应或涉及了很多人,"他拒绝了诗人戈特弗里德·贝恩的观念,即诗歌是一种独白……他还质疑了马拉美的'绝对诗'观念……质疑了雨果·弗里德里希对普遍性的现代诗歌的本质的寻求……还质疑了普鲁斯特的时间观念"。维罗尼克·福蒂认为,这场"集中的对话,不仅仅指向活着的人,而且还指向了那些已故的人——毕希纳、伦茨、本雅明、马拉美、卡夫卡、曼德尔施塔姆、舍斯托夫,甚至帕斯卡尔和马勒伯朗士"。

5月26日,与流亡瑞典、前往德国领奖的奈莉·萨克斯首次见面。见面时萨克斯说"我是一个有信仰的人",策兰说"但愿能渎神到死"。对萨克斯极友善,邀请她到巴黎小住一段时间。与萨克斯一起在一家咖啡馆与艺术家马克斯·恩斯特不期而遇,后者见到他们掉头而去,策兰深受伤害。随后与萨克斯一同去和他同样使用德语的犹太诗人海涅在蒙马特尔的墓地献花。

在马丁·布伯著作里做了很多标记,其中有这样一句:"永恒出自矛盾……犹太人并非简单,亦不单纯,而是充满了对立。"9月,拜访前来巴黎的马丁·布伯,向这位犹太大哲请教:大劫难之后,继续用德语写作和在德国发表作品是什么感觉。布伯对这一疑问表示异议,认为在德国发表作品并对德国抱原谅态度是相当自然的。这一回应不但没让策兰摆脱困境,反而让他陷得更深。

1961　　年底,德国诗人恩岑斯贝格撰文提到奈莉·萨克斯不同意阿多诺"奥斯维辛之后"的论断,阿多诺立即回应说"我并不想修改我说过的话"。

1965　　阿多诺再次撰文,重弹"奥斯维辛之后"老调。有读者在《时代周报》上谴责策兰:"奥斯维辛竟然成为艺术的温床,受害者临死前

的呻吟变成了漂亮和谐的诗文。"后来，在《否定的辩证法》中，阿多诺收回了这一说法，"经年累月的磨难，就像被折磨者可以大喊大叫那样，有着许多表达的权利；因此，在奥斯维辛之后不再让写诗的做法可能是错的"。在《美学理论》一书中，阿多诺称策兰为"德语当代抒情诗歌中神秘文学创作的重要代表"，认为他后期作品"是想用沉默来讲述最为可怕的事情"。

这一年两次住进精神病诊所，第二次是12月进去，一共住了七个月。

1966 　上半年的诗歌"充满了难解的秘语，看上去像是来自另一个星球的信号"。翻译瓦雷里的《年轻的命运女神》。

1967 　1月25日，在巴黎歌德学院与克莱尔·哥尔不期而遇，造成严重的精神失常，以致五天后试图自杀。2月13日被强制送进精神病院，接受休克治疗。7月去弗莱堡访问前，一直待在精神病院。弗莱堡大学德语教授格哈德·鲍曼在策兰遭受精神疾病困扰后与他相识，鲍曼注意到当时策兰的一些症状：对哪怕很小的烦恼都高度敏感；多疑，偏执；易怒；不信任任何自己不了解的人，尤其是德

国人；有时有暴躁行为；言论冲动（平常保守、得体、谨慎）；彻底的忧郁和悲伤的神态；对老朋友态度苛刻。

这年春季，受困于疾病，但创作力极旺盛，有时每天一首。

4月，长时间商议后，同意妻子提出的分居请求，因为他有可能对身边人施暴（1965年发生过试图杀害妻子的险情），严重危及妻儿安全。5月，将藏书和物品搬到巴黎高师的办公室里。

六日战争爆发后，耶路撒冷旧城的收复令人振奋，在诊所完成《想想吧》。诗中写到英勇抵抗罗马军团、宁死不降的犹太勇士。这首诗在以色列德语报纸和犹太人办的报纸上发了两次，又在德国媒体上发表，后来作为主打作品出现在次年出版的诗集《线太阳》中。

7月24日，在西德弗莱堡大学，面对上百位听众朗诵了包括《数杏仁》在内的近十年代表作。海德格尔坐在观众席第一排。34年前，海德格尔就任弗莱堡大学校长，也是在这座大厅里，做了题为"德国大学的自我主张"的演讲。离开前，海德格尔邀请策兰第二天上午访问他那间著名的"山间小屋"。"山间小屋"指建在托特瑙堡村庄附近黑森林群山中的小屋。

7月25日策兰与海德格尔见面后的谈话迄今是未解之谜。1997年，三到三个半小时唯一的在场者——当年送策兰去"山间小屋"的青年学者诺依曼告诉采访者，他记得主宰这场对话的很大一部分的"痛苦的沉默"，但两个人确实谈话了，话题是海德格尔与纳粹的关系。詹姆斯·K. 林恩认为，1995年公开的策兰会面后不久写给朋友弗兰茨·乌尔姆的一封信，驳斥了长期存在的这次会面是一场灾难的观点。信中说，"我和他进行了一场长时间的、直率的谈话"。林恩说这次谈话"对策兰产生了难以置信的治疗效果"。与海德格尔会面一周后，写出《托特瑙堡》。10月，诗集《换气》出版，赢得好评。
从6月到12月，不停地写，这批作品收在1970年出版的诗集《强制光》中。

1968　　　　完成诗集《雪域》的写作。

1969　　　　开始诗集《时光农庄》的写作。
9月下旬应邀访问以色列。10月14日在特拉维夫希伯来作家协会的演讲与1958年的不来梅演讲大不相同，"……这里是一片既朝外也向内的风景，我在这里找到追求真理，

追求不证自明的东西以及杰出的诗歌所含的那种向全世界开放的独一性的很大一股力量。我相信,我一直是在与对属于人性的东西坚持自己的立场的那些既镇定又十分自信的人们谈话"。在耶路撒冷朗诵了《数杏仁》《密接和应》和《想想吧》。来自策兰出生地切尔诺维兹的崇拜者在现场大声请求他朗诵《死亡赋格》,他拒绝了。一周后在特拉维夫举办朗诵会。活动结束后,与他父母相识的故人过来打招呼,一位妇女特意送他一块糕点——早年母亲经常为他做的那种,他顿时掩面而泣。接受以色列广播电台采访时,谈到犹太意识——"犹太意识总是交织在像我这样一个在犹太环境里成长起来的人书写的所有东西里面",也强调了日耳曼文化对自己的重要性——"我自己是在这样一种语言里出生和成长起来的……里尔克对我非常重要,后来,卡夫卡对我也很重要"。回巴黎后,写了很多有关耶路撒冷的抒情诗——"我清楚,我早就知道,耶路撒冷会成为我生命的一个转折点,一个休止符"。

1970 渴望重返以色列。在给生活在切尔诺维兹的一位朋友的信中,表达了想回出生地看看的愿望。生命中的最后时光,独自一人住在左拉大街6号，这儿离米拉波桥只隔着一个码头。1962年他在自己的一首诗里引用过阿波利奈尔的那首《米拉波桥》。约在4月20日，逾越节的一天，从米拉波桥上跳入塞纳河。5月1日，一位渔民在下游7英里处发现他的遗体。在他书桌上，人们发现一本荷尔德林传，他在打开的那页这句话下边画了线："有时候，这位天才心灰意冷，沉入内心的苦涩之井。"接下来没画线的那句是："但大多数情况下，他的启示之星却发出耀眼光华。"5月12日，安葬于巴黎郊外蒂埃公墓。他视其为灵魂姐妹的奈莉·萨克斯在他下葬当天离世。

〔辑录自约翰·费尔斯蒂纳《保罗·策兰传》（李尼译，江苏人民出版社，2009）、詹姆斯·K.林恩《策兰与海德格尔：一场悬而未决的对话》（李春译，北京大学出版社2010）。个别细节出自洛伦茨·耶格尔《阿多诺：一部政治传记》（陈晓春译，上海人民出版社，2007），少数引文有细微改动。〕

图书在版编目（CIP）数据

我听见斧头开花了：保罗·策兰诗选 /（德）保罗·策兰著；杨子译.
— 北京：北京联合出版公司，2021.8（2022.10 重印）
ISBN 978-7-5596-5286-7

Ⅰ.①我… Ⅱ.①保…②杨… Ⅲ.①诗集－德国－现代 Ⅳ.
① I516.25

中国版本图书馆 CIP 数据核字（2021）第 081563 号

我听见斧头开花了：保罗·策兰诗选

作　者：［德］保罗·策兰
译　者：杨　子
策划人：方雨辰
出品人：赵红仕
责任编辑：龚　将
特约编辑：王文洁
装帧设计：孙晓曦　pay2play.design

北京联合出版公司出版
（北京市西城区德外大街 83 号楼 9 层　100088）
北京联合天畅文化传播公司发行
山东临沂新华印刷物流集团有限责任公司印刷　新华书店经销
字数 180 千字　860 毫米 × 1092 毫米　1/32　14 印张
2021 年 8 月第 1 版　2022 年 10 月第 2 次印刷
ISBN 978-7-5596-5286-7
定价：68.00 元

版权所有，侵权必究
未经许可，不得以任何方式复制或抄袭本书部分或全部内容
本书若有质量问题，请与本公司图书销售中心联系调换。
电话：64258472-800